W0290500

# DU TEMPS DE MA SPLENDEUR

AURÉLIE DJIAN

# DU TEMPS DE MA SPLENDEUR

*roman*

julliard

Conception graphique de la couverture : Valérie Gautier

© Éditions Julliard, Paris, 2022.
ISBN : 978-2-260-05541-9
Éditions Julliard – 31, rue Étienne Marcel 75001 Paris

*À ma grand-mère qui ne lira pas ce livre*
*À ma mère qui m'avait interdit de l'écrire*

— Pourquoi avez-vous divorcé ?
— Ma femme m'a quitté pour une autre femme
— Quelle humiliation sexuelle ! à vous dégoûter des femmes… vous avez des enfants ?
— Mon fils est élevé par deux femmes
— Ça marche, des études le prouvent, pas besoin d'homme, deux mères font l'affaire
— Peu de gens survivent à *une* mère.

Woody Allen, *Manhattan*

Souvent ses phrases commençaient par Du temps de ma splendeur. Je portais des talons aiguilles. Les cheveux longs et lisses. Les ongles vernis. Je me préparais pendant des heures devant le miroir. Je prenais soin de moi dans les plus petits détails. Je flirtais avec la vulgarité en toute candeur. J'osais les couleurs vives. Les sensations de matières spéciales. Le maquillage outrancier. Les bijoux indiscrets. Les parfums poudrés au sillage indélébile. Les dentelles transparentes. Les dessous apparents. Les bustiers anachroniques aux décolletés vertigineux. Les jupes moulantes et brèves. Les robes du soir en plein jour. Je cumulais sans crainte tous les artifices. J'enfilais la panoplie de femme fatale qui n'allait qu'à moi. Du temps de ma splendeur, je pouvais tout me permettre : j'en faisais trop à cœur joie.

Quand j'arrivais à une fête, soudain, il y avait un blanc dans les conversations. Les hommes devenaient sourds ou stupides. Les femmes me dévisageaient d'un air mauvais. J'éclatais de rire pour me donner une contenance. J'étais pleine de vie. Légère et court vêtue. L'enfant chérie de mes parents. La petite sœur adorée. Bien au chaud entre l'aîné et le dernier. J'avais plusieurs prétendants à mes pieds. La vie devant moi. Et du possible comme s'il en pleuvait.

J'ai mis longtemps à comprendre le cœur souffrant de ces phrases à l'imparfait, leur flottement mélancolique, alors qu'elle était si jeune encore, plus jeune que moi aujourd'hui, mais aussi leur malédiction de mauvaise fée. Tu vieilliras, ma fille, même toi, toute petite, si jolie, tu verras, comme moi, ça t'arrivera, d'un coup, plus vite que tu ne le crois. Un jour, tu perdras ton pouvoir magique et tu en souffriras pour l'éternité. J'aurais rêvé qu'elle me dise Tu seras une femme, ma fille, quelle aventure, tu verras, viens, donne-moi la main, je te raconterai tout, les secrets de créature et je me réjouirai de ta splendeur.

J'ai compris un peu tard que ce n'était pas son genre. La splendeur ne se partage pas si elle veut régner. Chasse gardée. Non, ma fille, je ne te prêterai pas ma baguette magique, ma parure et mes paillettes, pas touche, même pas en rêve, je ferai couper tes longs cheveux bouclés, je t'interdirai de te maquiller, porter des talons, mettre des tampons, sortir le soir, je t'obligerai à prendre la pilule, si jamais tu échappais un jour à ma vigilance, je ferai intrusion dans ta chambre pour un oui pour un non, je fouillerai dans tes affaires au mépris de toute intimité, je te ferai honte quand tu tenteras maladroitement d'augmenter ton corsage, je te laisserai croire à un cancer héréditaire au lieu de te révéler une vérité inavouable. Pas pressée que son enfant prenne des formes, prétende un jour à la splendeur, espérant secrètement que ça n'arrive jamais. Non, ma fille, tu n'hériteras pas d'un féminin clé en main, d'une fierté en collier, facile à porter, tu devras conquérir ton sexe, toute seule, à la force du poignet, ça fait mal, tu verras, plus mal que tu ne le crois. Tu sueras sang, salive, larmes et cyprine dans le désert, pendant de longues années, peuple élu abandonné, tu apprivoiseras seule ton destin singulier, armée d'une ardente patience, parfois même, certains jours un peu fastes, je te mettrai des épines dans les pattes, comme les hommes, plus tard, des glaçons dans la culotte, pour éprouver ton courage, tu apprendras seule à nager contre le courant, telle une truite sauvage, et tu me remercieras, plus tard, d'en ressortir musclée : *une jeune fille athlétique affublée d'une armure*. En attendant la métamorphose, la femme, la vraie, c'était elle. Je pouvais éventuellement lui servir de miroir.

Je la revois, reine mère orientale, raide et digne, assise dans le salon, les soirs de dîners à la maison, baignée, gommée, épilée, crémée, parfumée, cheveux lissés, ongles faits, paupières fardées, cils recourbés bordés de noir, seins palpitants, escarpins et reins cambrés, mains et jambes croisées, sans bouger, parler ou boire un verre, avant l'arrivée des invités, bloc d'attente immobile, tendue-bandée, osant à peine respirer de peur d'abîmer sa beauté. Belle du Seigneur. Ariane au bain, se languissant d'amour, fabulant avec les bulles de savon, ajoutant un peu d'eau chaude du bout de l'orteil. Ariane adorable et ridicule, réifiée par son attente, mais si émouvante de ferveur, éperdue d'admiration muette, pétrie de contradictions, intimidée par l'autorité masculine et s'y livrant délicieusement, conjurant la peur de l'abandon en s'abandonnant à son homme. Labyrinthe millénaire du féminin compliqué, assigné à la parure, si propre, si lisse, épris de pureté jusqu'à se perdre et y renonçant par coups de gueule éclatants. Je la revois dans toute sa splendeur, fière et fragile, la nuque un peu raide, perchée au bord du fauteuil, reine en déséquilibre, inquiète de quoi ? et ma fascination de petite fille serre mon cœur adulte.

Elle s'est assise près de l'entrée. Comme ça, je peux choisir, raconte Rose, la mère de Reine, ma grand-mère légendaire. Posée très droite sur la banquette velours, contente d'être là dans sa robe à pois couture et plis soleil. Elle est venue de loin. Seule. A traversé la Méditerranée. Je l'imagine un peu comme la jeune fille insolente de *L'Amant*, seule sur le bac traversant le Mékong, talons lamés et chapeau d'homme, robe un peu transparente en soie naturelle, le pied posé sur le bastingage, le nez au vent, le menton fier. Avant ça, elle a enchaîné les heures supplémentaires, tapé à la machine la nuit à domicile, pour payer la traversée. S'est trouvé une grosse cousine complice pour rassurer la famille sans lui faire d'ombre sur la piste. A prévu de longue date son programme de sortie. Souveraine. N'hésitant pas à confier à sa petite fille épatée qu'elle était partie à l'aventure *pour* rencontrer quelqu'un. Elle a prévenu son père qu'elle ne voulait pas être négociée comme un chameau à la synagogue par un séfarade polygame. Elle veut être amoureuse et choisir son mari.

Elle épousera un juif, d'accord, mais un juif de Paris. Il éclate de rire en lui caressant la tête, C'est ça, ma fille, c'est ça, un juif de Paris, reprends de la chachouka avec la méguina. Il ne peut rien lui refuser, elle le sait et s'en sert, en toute tendresse. Une assurance folle de gamine dégourdie. Le mythe fondateur est prêt à graver les mémoires de filles.

Un jour, j'ai décidé d'aller à Paris que je ne connaissais pas pour mes vacances. J'ai pris le bateau et l'émerveillement a commencé. Un jour, un jeune homme m'a remarquée. J'ai choisi Le Lido. Un endroit très sélect. C'était les après-midi dansants. Le soir, c'était les voyous. Je ne voulais pas rencontrer n'importe qui. Petite fille, j'imagine le jeune homme du Lido, costume sombre sur chemise claire, les yeux doux, avec une fine moustache. Sidéré par tant de panache. J'étais culottée, si tu savais.

Rose peut le regarder à son aise depuis son poste d'observation. Il était très beau, galant. C'était lui. J'en étais sûre. Elle lui sourit. J'ai dû le regarder avec insistance, il m'a demandée à danser. Sa robe à pois fait des ronds. J'avais choisi exprès une robe qui tourne. Elle pense Pourvu qu'il reste avec moi ! Pourvu qu'il ne me laisse pas pour danser avec une autre ! Je souhaitais qu'il renouvelle chaque fois sa démarche. Je peux dire que c'était le coup de foudre. Il ne m'a pas quittée et voulait tout connaître de ma vie. Pour prolonger la soirée, il me dit Voulez-vous un Porto Flip ? Elle n'a jamais bu d'alcool, trempe poliment ses lèvres. Je pensais secrètement à ce que je pouvais faire pour le retenir. Nous échangeons nos prénoms. Rose, Jean. Et j'ai versé discrètement mon verre dans les plantes.

J'ai prolongé mon séjour et j'ai repris le bateau avec la ferme intention de le revoir. Nous nous téléphonions matin et soir, grâce à une amie intime qui travaillait à la poste. Je ne savais pas ce qu'il m'arrivait. Cela prenait une telle ampleur que je décidai d'aller à Paris pour le revoir. À ma grande joie, il m'a dit Nous ne pouvons pas attendre, écrire ne suffit plus, j'aimerais qu'on se marie. Ma joie est indicible. J'ai vécu un rêve. C'est un souvenir inoubliable, un mariage magnifique, comme dans un rêve. On s'est aimés, la main dans la main, nous embrassant souvent. Je lui disais Comme tu es beau ! et comme je t'aime ! Il m'offrait chaque fois des fleurs. Avant de mourir, il m'a dit Je t'aime, je t'aime, je t'aime et il a fermé ses yeux.

À la fin de sa vie, Rose me disait Je t'aime beaucoup beaucoup, je t'adore, tu peux pas savoir comment je t'aime, tu peux pas imaginer, pas comme moi, je sais pas pourquoi, je sais pas c'que j'ai, c'est toi et pas une autre, je sais pas c'que tu m'as fait pour que je t'aime comme ça, je veux te donner beaucoup de choses plus tard.

Souvent, elle disait dans son délire Je suis la femme la plus belle du monde. Et elle souriait.

J'ai été élevée avec beaucoup d'amour, ajoutait Rose, comme si c'était le secret, le cadeau dont elle parlait. Prends-en de la graine, p'tite fille, je t'ai bercée d'amour inconditionnel, n'oublie jamais ça, file à la conquête de ton désir, rien ne te résistera, tu seras invulnérable. Le jeune homme du Lido était déjà fiancé. Rose ne s'est pas dégonflée. Eh bien, vous la quitterez gentiment. Et elle lui a offert un joli sac fantaisie, cadeau de rupture pour sa rivale. Le fiancé sous le charme s'est laissé faire et n'a jamais démérité.

Je préfère que mon mari soit mort, osait affirmer Rose, plutôt qu'il m'ait trompée puis laissée pour une autre.

J'ai grandi entre une grand-mère virile et romantique qui n'avait peur de rien et une mère soucieuse de sa splendeur qui avait peur de tout. Avec un acte scellé dans le noir du cerveau, une petite lumière qui va s'allumer plus tard : le grand amour, l'amour d'une vie, sinon rien. Et ce qui s'ensuit : comment avoir une vie amoureuse un peu digne après ça ?

Du temps de ma splendeur, reprenait Reine, j'ai rencontré ton père. Un jeune homme plein d'avenir qui aimait un peu trop les femmes. Avec une crinière bouclée de toute beauté. C'est le mariage de son meilleur ami, il est très en forme, habillé comme un prince, il repère tout de suite une très jeune femme qui rit très fort en robe rouge. Ses amis se foutent de lui. C'est une gamine, elle est à peine sortie du lycée. Il s'en fout, il a tout son temps. Il n'a jamais vu une fille comme ça. D'une beauté faramineuse et d'une distinction rare. Le prince en smoking perd de sa superbe. Vous habitez chez vos parents ? On lui tend une coupe de champagne pour le détendre, il rate sa bouche, trempe sa cravate. La princesse pleure de rire et ruine son maquillage. Il adore les pandas apprêtés. Elle n'a rien contre les pingouins malpropres. Ils se sourient, assortis. Vous faites quoi dans la vie ? Il termine ses études de médecine, dans sa chambre de bonne, au-dessus du *Café des sports* de ses parents. Le cœur, c'est ma spécialité, dit-il avec un clin d'œil lent. Elle fond et elle craque. Se souvient juste à temps qu'il faut le faire marner d'un Je ne suis pas celle que vous croyez, si elle veut le garder. Reine des glaces. Les bons vieux manèges de la séduction, transmis par la mère Méditerranée. Elle prévient le gendre idéal qu'elle est bien chez ses parents, pas du tout pressée de se marier. Note pour plus tard qu'il veut des enfants. Il est vraiment très charmant. Elle est très tentée mais déterminée à se faire désirer comme il faut pour vérifier la fermeté de ses intentions. Il veut cette fille avec l'intensité désarmante des enfants-rois. Le panache légendaire de Rose qui n'a pas dû échapper à Reine. Elle a misé sur lui, en toute confiance. Le jour de leur mariage, elle se fait boucler les cheveux pour lui ressembler. Ils font graver deux petits cœurs entrelacés à l'intérieur de leurs alliances. Sur les photos en noir et blanc, ils ont l'air aimantés.

Très vite, on s'est installés ensemble, tout près de chez mes parents. On n'avait pas d'argent, mais on était heureux. Quelle rigolade ! On riait sans arrêt, pour rien : des amoureux. Ils regardent des documentaires animaliers dans leur intérieur seventies, saturé d'orange et marron, étendus sur des tapis à poils longs, commentent en cœur le pragmatisme du coucou qui ne se fatigue pas à faire son propre nid et préfère pondre dans celui d'un autre oiseau, plus attentif que lui, auquel il confie sa progéniture, une mère rouge-gorge par exemple, l'œuf du coucou est plus gros et il éclôt avant les autres, le bébé sort de l'œuf et il fait de la place en faisant tomber les autres œufs, Oh le bébé couscous ! s'émeut Reine faisant la joie de son époux qui déclamera en souvenir du lapsus adorable, Tous les bébés couscous et rien que les bébés couscous !

Ils se lancent dans la vie, complices et pleins d'entrain, comme dans une bulle d'insouciance ravie. Elle n'hésite pas à l'entretenir, le temps de ses études et travaille au guichet d'une banque pour mettre toutes les chances de son côté. Lui, enchaîne bravement les gardes à l'hôpital. Il était de garde la nuit de ta naissance. J'ai appris peu de temps avant sa mort qu'il m'avait dédié sa thèse de médecine : *À ma fille qui voit le jour en même temps que cette thèse.* Avec sa première paye, il lui offre une chaîne en or avec un minuscule diamant au bout d'une flèche de Cupidon. On s'est follement aimés. Ton père, c'était un passionné. Qui se lassait vite. Du cabinet de cardiologie où il ne recevait que des petites vieilles avec des souffles au cœur. De la vie de famille. Quand il s'est enfin épanoui après avoir repris la recherche, promis à une carrière exemplaire, il a délaissé la maison pour des séminaires. Elle ne l'a pas supporté. Moi, j'avais pris un poste de prof à mi-temps pour m'occuper des enfants, j'assumais seule la vie matérielle la plus ingrate et lui débarquait en héros, sa valise pleine de cadeaux, ça me mettait hors de moi. Je sais bien qu'il n'était pas en vacances, mais bon. C'était plus fort que moi. Il est devenu mutique et colérique. Absent même quand il était là. Tu connais la suite.

La suite prend la forme d'un cercle assez classique, conjugue un climat délétère avec une grimace invariable, ponctuée d'indécidable : comment savoir si elle faisait la gueule parce qu'il s'absentait ou s'il s'absentait d'autant plus et loin qu'elle faisait la gueule ? comment savoir s'il l'a trompée parce qu'elle le soupçonnait déjà sans raison depuis des années ou si sa jalousie nucléaire était fondée ? quelle fatalité conjugale avait eu la peau du ravissement amoureux ? quelle mauvaise humeur avait fait tourner l'humour en ironie jusqu'à un point de non-retour ? La tragédie rodait, à la hauteur de son mythe fondateur, avec son cortège de sanglots et sang sur les murs. Les portes claquaient sans courant d'air. Les assiettes volaient. J'étais réveillée par des cris suivis de vaisselle brisée. Puis un silence de stupeur pétrifiait le temps et l'espace jusqu'à la prochaine crise.

Si les parents se disputent, c'est parce qu'ils s'aiment, prétendait Reine qui se voulait rassurante, inscrivant durablement dans mes fibres que le conflit était une preuve d'amour. Je n'ai pas eu la répartie de le lui rappeler quand elle se plaignait sans cesse que nous nous entendions si mal, mon frère et moi. Elle faisait si résolument la gueule que son ressentiment semblait grandir avec ses enfants. Il revenait avec des fleurs, elle l'accueillait pleine de rancœur : Tu as quelque chose à te faire pardonner ?

Un jour d'été, celui de mes dix-sept ans, j'attends mon père à l'aéroport, bronzée en robe romaine, c'est la première fois que je m'envole seule vers le sud, j'ai le sentiment de respirer librement, je commence à ressembler à une femme, les hommes me regardent enfin, je sors pleine d'espérance du Sahel de l'adolescence, Tu vas vers la vie, s'émerveille Rose, quand Reine arrive défaite à la place de mon père.

Un soir d'hiver, à la faveur des fruits de mer ou de l'alcool de fruit, il me confie Ta mère a été plus courageuse que moi, si elle ne m'avait pas foutu dehors, je n'aurais jamais quitté la maison, j'étais amoureux de deux femmes, j'étais fait comme un rat.

Un soir de vif regret, plusieurs saisons après leur séparation, il a voulu revenir sur ses pas, au point de prendre le volant, la nuit, traverser la ville pour la revoir, il a téléphoné depuis sa voiture, laissé sonner longtemps, attendu comme un con sous son balcon, le cœur gros, C'est moi, je suis là. Elle n'a pas ouvert la porte.

Elle ne lui pardonnera jamais. Remplacera définitivement l'amour par l'argent. Drapée dans son chagrin. Murée dans son monopole du malheur. Deux parenthèses d'amertume au coin des lèvres. Le cœur sec. Pas un mot gentil pendant sa maladie. Pas un soupçon d'empathie. Je n'oublierai jamais son regard déchirant aux longs cils humides dans sa chambre stérile à l'hôpital. Lili, tu te rends compte, j'ai vécu vingt ans avec cette femme, je lui ai fait deux enfants, elle s'en fout que je crève. Elle ne viendra pas à son enterrement. Continuera à compter les coupables qui ont osé accompagner son cercueil pour un dernier adieu. Elle doit lui en vouloir encore après sa mort.

Avant de mourir, Rose a réclamé mon père qui avait porté le cercueil de son mari. Reine a refusé. Ils ne se sont jamais revus. Rose respectait la fureur infinie de sa fille. Elle adorait ton père. Il lui a volé sa jeunesse.

C'était dit. Le crime énorme ou atroce. La trahison impardonnable et sa hantise, transmise de mère en fille. Pas de prescription pour les criminels de l'amour. Reine comme Rose incarnait la monarchie amoureuse absolue. Et sa tyrannie dévorante. Elle voulait tout, ne lâchait rien. Le chasseur-cueilleur et le chevalier servant et le prince et le charmant et l'amant régulier et l'amoureux transi et le soupirant ardent et le prétendant éperdu et l'homme à femmes et l'homme fidèle et le héros viril et la star de cinéma et le champion sportif et l'étudiant brillant et le professeur charismatique et le jeune homme réservé et le grand homme et le guerrier conquérant et le médecin rassurant et l'homme blessé et l'homme le vrai et le sale gosse révolté et le roc et l'arbre et le pygmalion fascinant et le mâle dominant et l'âme sœur et le confrère féministe et les gros bras et les larges épaules et les pieds sur terre et le dandy extravagant et le poète romantique et la bite et le couteau et le mauvais garçon et le doux dingue et le bon père de famille et le beau parleur et le bon joueur et l'époux patient et l'éternel fiancé et le mec modèle et la tendre moitié et l'étalon sentimental et le cavalier bien élevé et le lascar débrouillard et l'homme du monde et l'honnête homme et le grand voyageur et le gars engagé et le rêveur et le parisien proche de la nature et le compagnon curieux et l'amateur éclairé et le masculin très singulier et l'artiste un peu foufou et le spécialiste de tout et le professionnel et le pragmatique et le contemplatif et le mari admirable et le partenaire particulier et le sensuel bien dans sa peau et le protecteur vertueux et le cow-boy courageux et l'amoureux solitaire et le casanier et le boute-en-train et la bête sauvage et l'animal domestique et le chef de meute et l'aventurier et l'intello de gauche et le beau ténébreux et le bon garçon et l'ami loyal et le copain confident et le bonhomme franc du collier et le génie comique et le flambeur festif et la grande gueule infernale et le gentleman moderne et le bricoleur qui sait tout faire et l'homme sensible qui comprend les femmes et l'homme-enfant et l'homme au foyer et le maître sur qui régner.

Avec un programme pareil, avouez que c'est compliqué de ne pas se planter. Je n'ai jamais compris pourquoi elle tenait autant à son statut de femme bafouée. Reine ne tolérait ni critique ni reproche. S'il m'arrivait d'émettre des réserves sur sa manière d'être mère, elle se mettait à pleurer, brandissant l'argument béton : Désolée de t'avoir trop aimée.

L'amour avait bon dos. J'aurais bien aimé lui répondre qu'on pouvait tuer par amour, mais les larmes ont eu le dernier mot. Reine tenait les êtres aimés par les sentiments, étroitement enlacés entre l'amour et les larmes, elle finissait toujours par sortir l'arme fatale pour leur imposer silence et respect. Le philosophe aux ongles longs et recourbés avait raison. *Méfiez-vous du rêve de l'autre. Même la plus gracieuse des jeunes filles, c'est toujours une dévorante. Pas par son âme, mais par ses rêves.* Le jeune homme du Lido s'était laissé envelopper dans le rêve de Rose et l'avait chérie en retour. Mais pas celui à la crinière bouclée dont la sauvagerie résiste au rêve de Reine. Il prend ses aises.

Apparaît alors l'avatar autoritaire de l'amour qui ne peut s'empêcher de rappeler l'insolent à l'ordre du cœur, redresser farouchement les torts, tant et si bien qu'il parvient à diminuer l'audacieux qui se permet d'échapper à son emprise. Contrarier la monarchie amoureuse absolue, c'est encore s'exposer au harcèlement conjugal continu, supporter sans broncher les litanies de femelle énervée comme passage obligé, mise à l'épreuve incessante du sentiment amoureux : je suis la reine des emmerdeuses mais prouve-moi que tu m'aimes quand même.

Il cuisinait comme un dieu, elle ironisait. Sois aussi méticuleux avec l'éducation de tes enfants. Il l'emmenait dans un palace, elle ricanait cruellement. Ça change du *Café des sports* ! On le complimentait sur son allure juvénile et sa silhouette longiligne, elle corrigeait. C'est un faux mince, il cache bien son jeu, etc. Il soupirait. Tu me les brises menu. Le plus souvent, il ne disait rien.

Jean avait appris la déportation de ses parents le jour de ses vingt ans. Le juif de Paris que Rose avait choisi pour mari était à peu près seul au monde. Le jour du mariage, de l'autre côté de la Méditerranée, le rabbin avait rappelé la tragédie récente, *Ces enfants, victimes de la barbarie nazie...* et la sœur du marié s'était mise à pleurer, seule avec son frère dans une belle-famille en fête. De retour à Paris, ils sont repartis à zéro, l'un rescapé, l'autre exilée : ils seraient tout l'un pour l'autre. Au commencement de l'absolutisme amoureux, il y a la Shoah et un acte de foi fabuleux, comme si seul un énorme amour pouvait consoler du pire. Le jeune homme du Lido avait fui à vélo vers la zone libre. Le père avait demandé à un copain de son fils de l'accompagner jusqu'à Bordeaux, de peur de se faire repérer par son accent yiddish. Le type a pris l'argent et le train, comme promis, arrivés à Bordeaux, il a vendu le père du copain à la Gestapo. Ils jouaient au ballon, tout gamins, dans les rues de Belleville, ils avaient grandi ensemble. La mère et la sœur étaient restées à la maison parce qu'on disait que les Allemands ne toucheraient pas aux femmes et aux enfants. La concierge les a dénoncées le jour de la rafle du Vél' d'Hiv'. Quel énorme amour il fallait pour survivre à ça.

J'ai retrouvé en écrivant la berceuse que me chantait Rose pour m'endormir : *Ah Ah Ah Ah, Oh mon amour… Ah Ah Ah Ah, à toi toujours…* Je la revois penchée sur moi *Ah Ah Ah Ah, dans tes beaux yeux… Ah Ah Ah Ah, rien que nous deux…*

Rose était une championne de l'amour, infiniment aimable et aimante, elle s'orientait dans la vie par son flair infaillible, un certain tact plein d'amour. Penser, il y a très longtemps, voulait dire flairer, *renifler la chose neuve qui surgit dans l'air qui entoure*, se fier à son intuition, embrasser une composition de rapports, peser les circonstances, saisir le moment opportun. Rose avait le kairos dans la peau. Son père, piqueur de tiges, rentrait le soir avec quatre pièces de monnaie dans la paume de sa main : une pour le lait, une pour la viande, une pour les fruits, une pour le pain, on est riches, mes chéries. Sa mère se débrouillait pour cuisiner avec presque rien. On vivait dans un taudis, t'as pas idée. Piqueur de tiges ? p'tite fille, c'est même pas cordonnier ! le pauvre, il préparait et assemblait les pièces de la partie supérieure de la chaussure avant de la remettre au cordonnier. Rose avait renoncé à des études prometteuses pour aider ses parents. On cherchait une secrétaire sténodactylo à la commune mixte, elle y est allée au culot, sans avoir jamais tapé à la machine et surtout sans savoir ce que sténo voulait dire. Vous êtes sténo ? Absolument ! Bon, je vais vous dicter un courrier. Blanc. Vous vous foutez de moi, Mademoiselle ? Passé le petit moment de panique, elle a désamorcé l'arnaque d'un sourire ravageur, les yeux brillants, pas pleurer, surtout, pas pleurer, persuadé l'administrateur de la prendre à l'essai, Je vous en supplie, j'ai besoin de ce travail à tout prix, j'apprends vite, je ferai des heures supplémentaires, gracieusement, s'il le faut, faites-moi confiance, je vous promets que vous ne le regretterez pas. Très vite, elle est devenue indispensable, véloce et sagace, complice de tous les secrets politiques, chérie de la femme du patron et de ses filles, suscitant des jalousies inévitables, de l'encre versée sur sa veste neuve. Qu'importe, elle avait gagné. Quand elle a annoncé qu'elle se mariait dans l'intimité, tout le monde à la commune mixte s'est récrié, Comment ça ? Déjà que vous nous quittez, on ne vous laissera pas partir comme ça !

J'ai vécu un rêve, raconte Rose, encore et encore, peaufinant son mythe fondateur. Sa sœur lui a confectionné une robe de fée. Et tout le monde s'est cotisé pour lui offrir un mariage de toute beauté.

Un jour, un homme m'a dit après une première nuit J'ai adoré t'embrasser. Tu m'as serré tellement fort, tu te souviens ? tu as une capacité d'amour extraordinaire. Et je me suis sentie légère d'un coup, peut-être sauvée par ma grand-mère légendaire.

C'est sans doute cette légèreté rieuse ancrée dans son corps et cette confiance inouïe en l'avenir qui ravirent le cœur de Jean. Rose semblait portée par la ferveur d'une enfance dorée qu'elle n'avait pas eue, sûre de son charme, prête à saisir sa chance. Pendant ce temps, sur les hauteurs de Belleville, son futur mari avait grandi trop vite, livré à lui-même dès le certificat d'études, entre l'atelier de maroquinerie de ses parents qui travaillaient trop dur, avaient failli mourir dans un accident de voiture et la responsabilité de sa petite sœur qui le suivait partout, entre un père taiseux qui pouvait lever la main sur sa femme et une mère malheureuse qu'il protégeait du mieux qu'il pouvait, loin de son enfance. Rose et ses sœurs recevaient une orange pour les fêtes, parfois des dattes fourrées à la pâte d'amande. Le dimanche, dans le petit appartement de l'impasse du Puits à Belleville, on cuisinait un bouillon de poule avec une carcasse et on ouvrait une boîte d'ananas au sirop pour le dessert, avec un sentiment de luxe extraordinaire. Je revois mon grand-père sauver patiemment un fruit pourri avant de le manger, tandis que ma grand-mère jetait en douce de la viande avariée pour ne pas qu'il se rende malade. Mes héros debout, envers et contre tout, main dans la main pour l'éternité.

Rose s'est présentée comme secrétaire dans une boîte du quartier. Elle a traversé intimidée une grande salle pleine de filles alignées tapant à toute vitesse, étourdie par le bruit des machines, elle s'est trouvée mal, tout à fait perdue, loin de la chaleur de sa petite ville, son bureau rien qu'à elle et son gentil patron. Il fallait tenir le coup, elle a respiré à fond, pensé très fort à son mari pour se donner du courage. À la pause déjeuner, le bruit s'est arrêté net et les filles se sont précipitées dehors en piaillant, elle s'est retrouvée seule sans savoir où aller. Un garçon d'étage l'a prise par le bras jusqu'au bistrot du coin, ils ont rigolé, déjeuné d'un café au lait. Le lendemain, elle s'est réveillée avec un coup au ventre, incapable d'y retourner, elle a fondu en larmes, Je peux pas, pardonne-moi, je peux pas, son mari l'a serrée dans ses bras, Pôpôpô, ma chérie, quelle importance ? pleure pas, je t'en prie, pleure pas, ils se débrouilleraient autrement, elle resterait à la maison.

Rose l'a convaincu de quitter l'entreprise familiale pour devenir représentant en maroquinerie. Elle tolère ses déplacements si et seulement s'il rentre déjeuner à la maison, au moins de temps en temps, et surtout s'il ne découche pas, jamais de la vie. Il accepte le contrat avec calme et s'y tiendra. Le tempérament résolu de sa femme le réjouit, sa grande santé le séduit, il s'accommodera sans mot dire de sa condition fusionnelle.

Je ne l'ai jamais entendu élever la voix. Il traversait la vie avec un détachement doux que j'ai mis longtemps à nommer mélancolie. Un dimanche après-midi, sous une petite pluie fine, il m'avait emmenée franchir les écluses en bateau sur le canal Saint-Martin et j'avais bien senti, ma petite main dans la sienne, que son silence très spécial n'avait rien à voir avec la météo. Je prends conscience maintenant de la proximité spatiale et affective du canal avec le quartier de son enfance, il m'avait emmenée sans rien dire sur les traces des siens disparus.

Il parlait des petits riens, racontait sans se lasser les mêmes blagues juives avec l'accent yiddish, pestait contre les feux rouges et la publicité, imitait en sifflant plusieurs oiseaux différents, taillait ses crayons avec un couteau, coupait la baguette en biseau, répondait avant les candidats de *Questions pour un champion*, terminait les mots croisés du *Monde*, regardait les courses de chevaux, connaissait la composition des saletés incrustées sous les ongles, la carte des départements, la durée précise d'une station de métro, calculait mentalement à toute vitesse, recollait avec amour l'œil de mon ours en peluche, fumait en cachette dans la cuisine, rapportait des fleurs du marché, insistait pour goûter les glaces qu'il offrait en regrettant qu'on n'ait pas choisi praliné, son parfum préféré, portait une chapka, un pardessus, des lunettes, une chevalière, des chaussures tressées, des pantoufles en cuir qui faisaient flap-flap sur le plancher, pleurait quand sa femme décidait d'avorter par manque d'argent, faisait mystérieusement bouger ses oreilles, préparait rituellement ses deux spécialités, le fromage blanc à la ciboulette et les filets de hareng mariné, s'entourait de voisins et commerçants qui s'attachaient à lui comme des amis, Jeannette, la voisine du dixième, lui descendait régulièrement le foie haché qu'il aimait tant. Il était fou de joie le jour de ma naissance, m'avait offert quinze roses rouges pour mes quinze ans, mon dernier anniversaire avec mon grand-père.

Ils fondent une famille, un foyer chaleureux et peuplé, ne parlent pas du passé et des absents à leurs enfants mais à leurs petits-enfants. Au moment de mourir, il dira Je vais rejoindre mes parents.

Reine ne m'a jamais pardonné de refuser la condition fusionnelle de son amour. Rose était sa mère et sa meilleure amie, elles se disaient tout, pour le meilleur et pour le pire et Reine ne pouvait imaginer meilleur modèle possible pour sa fille. Toute petite, je me suis méfiée, troublée par l'intimité enveloppante du féminin conjugal, qui se passait si bien du masculin mais ne pensait qu'à lui, j'ai pressenti son revers malsain, comme on éloigne la main d'une flamme. Je me dégageais des étreintes trop étroites, repoussais résolument bisous et câlins insistants de toute la force de mes petits bras tendus et plissais le nez quand ma mère me rendait mon doudou enfoui dans sa poche, empreint d'une horrible odeur de corps chaud. Mais je me disputais avec mon frère pour dormir avec elle dans le grand lit en l'absence de mon père.

Quand Reine sortait le soir, Rose la conseillait sur sa parure et elles restaient enfermées de longues heures dans la salle de bain. J'attendais tapie derrière la porte, tel un chiot puni, l'oreille tendue aux chuchotements, cliquetis et froufrous.

Aujourd'hui encore, le mot maman, pas prononcé depuis si longtemps qu'il n'existe plus pour ma bouche, résonne quand je l'entends comme une étrangeté dégoûtante. Et je ne peux surprendre un signe de tendresse complice entre mère et fille sans avoir la gorge serrée, les larmes aux yeux, le ventre en vrac. Rose si fine et si sage n'a jamais compris ce qui me séparait si définitivement de ma mère. Sidérée par la violence de nos rapports, elle se désolait sans désespérer de nous voir réunies un jour. On n'a qu'une mère, tu sais, après on regrette et c'est trop tard. Rapproche-toi de ta mère, je t'en prie, il suffit de pas grand-chose, parle-lui, pour me faire plaisir. C'est terrible pour une mère, tu sais, d'être rejetée par sa fille. Quel dommage, ça fait mal au cœur, chacune rumine dans son coin et moi je me fais du mauvais sang, si c'est pas malheureux, quand même. Tu as toujours été révoltée, commentait mon père avec un soupçon de fierté. Des années d'analyse n'ont pas suffi à en finir avec cette tragédie du désamour. J'ai fini par incarner malgré moi la figure du traître et j'ai fait avec.

Si tu refuses mon amour fusionnel, tu perdras mon amour inconditionnel et tu en souffriras pour l'éternité, menaçait la mauvaise fée qui me servait de mère. Mais j'avais déjà l'amour inconditionnel de Rose, oubliait Reine, et je n'étais pas du genre à céder à son chantage.

Un jour, tu rencontreras un homme et tu seras la plus heureuse des femmes. Tu sauras tout de suite que c'est lui, l'homme de ta vie et tu ne regretteras pas de l'avoir attendu pour n'être rien qu'à lui. Tu reconnaîtras l'intensité de son regard, sa manière de tenir ta main en serrant légèrement tes doigts entre les siens, sa curiosité illimitée de te connaître, sa qualité de concentration, suspendue à tes paroles, ses petites attentions, sa patience, p'tite fille, n'oublie jamais ça : les hommes, il faut les faire marner, si tu leur donnes tout de suite ce qu'ils veulent, ils te prendront pour ce que tu n'es pas et te laisseront seule avec tes yeux pour pleurer. Tu devras manœuvrer avec douceur et fermeté, si tu veux le garder. C'est si beau, une première nuit d'amour, quand c'est vraiment la première fois. Les hommes, c'est différent, il faut qu'ils courent les filles avant de se fixer. Tu ne voudrais pas d'un maladroit qui ne sait pas s'y prendre. C'est l'homme qui mène la première danse, laisse-lui au moins ça, mais ne t'en fais pas, ton tour viendra, respire en attendant la deuxième danse pour dévoiler ta puissance. C'est bête, un homme, tu sais, ça bombe le torse et ça fait le malin, mais dès que ça devient compliqué, ça détale comme un lapin. Il faut savoir se laisser danser, p'tite fille, pour prendre la main plus tard, quand il sera trop amoureux pour s'en aller.

Rose croyait vraiment à ce qu'elle disait, quant à Reine qui avait soi-disant appliqué à la lettre le programme romantique et réussi son mariage d'amour avec un beau parti en pleine libération sexuelle, elle m'apprenait à vivre sans me préparer à rien avec des phrases anachroniques.

Quand ton mari t'aimera très fort, tu seras enceinte et tu seras la plus heureuse des femmes. À côté du conduit par où sort le pipi, il y a un autre conduit qui te servira plus tard, quand tu seras devenue une femme, pour avoir des bébés. Quand un homme et une femme se marient, ils sont heureux parce qu'ils s'aiment et c'est de cet amour que naîtront les enfants. Le mari et la femme trouvent un immense plaisir à s'aimer. De même que la petite fille qui devient une femme se prépare à recevoir les petites graines qui donnent naissance aux bébés, le petit garçon qui devient un homme se prépare à sécréter les petites graines qu'il déposera plus tard dans le ventre de sa femme.

Quand les adolescentes obsédées, mes semblables, mes sœurs, se promenaient à poil et se cherchaient les poux en famille, embrassaient leurs parents sur la bouche, les appelaient par leur prénom et leur demandaient à table quelles positions pratiques adopter pour leur premier rapport, je me faisais gravement entretenir de mon futur mari pour la vie, si beau, si fort, belle situation et très bon cœur, qui me ferait des enfants comme des fleurs, au moyen d'une petite graine plantée quelque part, on ne sait comment et qu'il était si beau, p'tite fille, de se garder intacte pour le jour J.

Ça se précise un dimanche matin, dans un jardin près des Champs-Élysées. Comme chaque fois qu'elle m'annonce quelque chose d'important, Reine parle comme on se débarrasse d'un paquet encombrant. Elle n'invente rien, elle prévient du pire, elle ne transmet pas son expérience avec des précautions particulières, elle fait le job puisqu'il le faut, ça l'emmerde et ça s'entend, j'ai honte pour elle tellement ça sonne faux, les mots sortent en trombe, impersonnels et non adressés, pressés d'en finir avec leur corvée, comment les écouter ? ne parlons même pas d'y croire, ça n'effleure pas une seconde la petite fille très digne en robe à smocks, mais elle comprend sans mal que sa mère la prend pour un lapin de trois semaines et ne prend pas la peine de la détromper, tant pis pour elle.

Je marche en silence dans le jardin, les yeux fixés sur mes pensées en sandalettes roses malgré le printemps un peu frais, j'ai décroché depuis longtemps quand j'entends le mot sang et je ne vois pas le rapport avec la petite graine. Un jour, je me réveille en hurlant avec du sang partout dans mon lit, sans comprendre ce qui m'arrive.

Reine voulait tout savoir sans jamais rien confier. Elle conjuguait sans complexe intrusion et rétention puis se plaignait amèrement que sa fille ne lui raconte rien. Elle se débrouillait alors, par des ruses inavouables, pour découvrir ce qui ne la regardait pas mais qu'elle estimait lui revenir de plein droit. Sa fille était son territoire, sa petite personne, le prolongement de sa peau et que ce corps, qui ne serait rien sans elle, ose s'affirmer contre sa mère, exprimer sa différence, revendiquer son autonomie, était coupable de vile trahison, crime de lèse-majesté. Mon plus ancien et plus puissant désir était de pouvoir fermer ma chambre à clé. Au lieu de quoi, Reine a fait installer dans ma chambre une armoire sur mesure qui prenait toute la place et y a rangé ses vêtements. Les seules pièces où je me sentais bien, à l'abri derrière un verrou, étaient les toilettes et la salle de bain. J'ai quitté la maison, le plus tôt et le plus loin possible, pour sauver ma peau.

Comme parfois le réel exagère, Reine perdait son père en même temps que son mari, mais tout était de ma faute. Mauvaise fille, pas fichue de consoler sa mère. Si tu ne me sauves pas, sale gosse, après tout ce que j'ai fait pour toi, je préférerai ma souffrance à ton bonheur, sans plus lever le petit doigt, ingrate créature, tu as voulu ton indépendance ? tu l'auras mais crois-moi, tu n'as pas fini de pleurer ta solitude, conquise contre ta mère, seule tu resteras, tel un vieux rat et jamais tu ne retrouveras la chaleur d'un foyer. Le fatum séfarade avait encore frappé, sans espoir de retour, ma mère abandonnée, inconsolable à cause de moi : Tu es partie comme ton père.

Le premier été après le départ de mon père est le dernier été passé avec ma mère. L'été de la majorité, intense et compliqué, je marche sur un petit chemin qui surplombe la mer, mini-robe vert pomme et mules python, avec une grande blonde rencontrée sur la plage, plus femme que moi qui ressemble encore à une fille, on se parle librement sous le soleil brûlant, garçons bronzés, mères infernales et pères absents, divorces dévastateurs, tatouage tigre du mono de plongée et toi, tu l'as déjà fait ? concentrées sur nos paroles et nos personnes précises, sans prêter attention derrière nous aux pas qui se rapprochent, talons rapides et têtus, que je reconnais physiquement, sans même me retourner, comme si j'étais rattrapée par un nuage de nervosité, pourtant je doute, j'ai la flemme ou je m'en fous, c'est flou, quand même, elle n'oserait pas, comment peut-on, se ridiculiser à ce point, quand même pas, je ne me retourne pas, je ne me presse pas, je ne m'interromps pas, même si je m'expose à être entendue par celle qui a épié toute mon adolescence, c'est la dernière fois, je marche sans infléchir ma parole, vitesse et direction, les pas derrière nous insistent et accélèrent, je me retourne d'un coup et manque de percuter Reine essoufflée, trottinant tout sourire derrière nos confidences.

Le dernier été avec ma mère est le premier été sans mon père, ma mère y a veillé soigneusement, elle a manigancé afin que ses enfants renoncent, de guerre lasse, à des vacances avec leur père pour adoucir la séparation. Mon frère ne s'est même pas autorisé à y penser. J'ai tenté de négocier avec Reine intraitable, elle a proposé plusieurs alternatives, prenant à partie son entourage, Si tu n'accueilles pas ma fille à la montagne, mer, campagne, elle partira avec son père, sa pute et son nain, ce salaud qui a ruiné ma vie pour refaire la sienne, et moi, je ne le supporterai pas, puis voyant que je ne céderai pas à ses manèges à peine masqués de menaces, refusant de me rendre à ses arguments malades, le harcèlement est monté d'un cran, hurlant et sanglotant, du chantage affectif au chantage au suicide : Ah d'accord, je vois, t'es comme ça, toi, belle mentalité, bravo, tu vois ta mère se noyer et toi, tu lui appuies sur la tête, c'est ça que tu veux, c'est ça ?

Malgré tous ses efforts pour conjurer la fatalité, ma métamorphose coïncidait avec l'adultère de mon père, déchaînant la colère de Reine dans toute sa fureur, comme par hasard, l'univers et sa fille conspiraient à lui nuire, comment osais-je aller vers la vie alors que la sienne était foutue ? flirter quand elle pleurait ? comment avait-elle pu enfanter une créature sans cœur ? elle se vengerait de ma vitalité aveugle à son malheur, maudissant ma superbe et brisant mes élans, si tu ne me soutiens pas dans ma chute, sifflait Reine dans ma tête, j'empoisonnerai tes histoires d'amour pour l'éternité et tu finiras comme moi, seule et abandonnée, de quel droit convoitais-je le pouvoir qu'elle perdait ? jamais tu ne resplendiras comme moi, du temps de ma splendeur, tu ne seras pas une femme, méchante fille, ça t'apprendra à délaisser ta mère au pire moment, son jugement serait sans appel, me condamnant à une peine infinie et le monstre, complice du crime de son père, c'était moi.

Pourtant j'appréhendais tellement la métamorphose. Je me revois nerveuse en justaucorps bleu roi, surveillant la croissance de mes seins, priant Dieu sous la douche sans y croire, pour que rien, par pitié, ne pointe sous le lycra. J'avais dû déployer tant de ruses, roue rondade roulade avant arrière grand écart latéral facial équilibre souplesse avant arrière soleil, pour m'inventer comme femme après avoir traversé plusieurs filles. Dans ma diagonale de gymnaste aux agrès, j'ai longtemps espéré en Reine une alliée, s'oubliant assez pour comprendre mon destin singulier, *ce qu'il a fallu que je cessasse d'être, pour être qui je suis*, comprendre au sens fort d'embrasser une complexité, prendre dans ses bras une autre que soi, m'aimer comme je suis, moi.

C'était méconnaître la métamorphose suprême de l'amour monarchique : la fusion contrariée, à la faveur du foyer déserté par le père, se mue en tyrannie, rivalité délirante, déferlement d'autorité arbitraire. Reine voyant venir la fin de son empire a reporté sur sa fille son emprise, faisant de ma vie un enfer, contrôlant mon corps et me collant la honte, au risque de me rendre folle, a déjeuné en cachette avec la mère de mon mec pour savoir si j'avais couché pour la première fois sans sa permission, m'a fait suivre au collège parce que je fréquentais une pionne de trop près et qu'elle craignait pour mon orientation sexuelle, m'a réveillée au milieu de la nuit, menaçant d'appeler la police si je ne rentrais pas immédiatement en taxi, soupçonnant que la copine chez qui je dormais était peut-être un copain.

À force de me surveiller comme elle surveillait mon père, fouillant mes affaires, lisant mon journal intime, écoutant aux portes et au téléphone, me traitant comme si j'étais coupable d'avoir un corps, Reine dans sa confusion de femelle bafouée me renvoyait une image insoutenable : la pute de mon père.

C'est moi qui t'ai élevée, chuchotait Rose comme si c'était mon secret, ma chance de petite-fille préférée, chérie entre tous, peuple élu à moi toute seule. C'est toi et pas une autre, n'oublie jamais ça, p'tite fille, qui peut se permettre un amour pareil, tu penses un peu ? personne ne pourra rivaliser avec ça, crois-moi, c'est ton pouvoir magique, prends-en soin, il te protégera, plus tard, quand je ne serai plus là. Tu mérites, répétait ma grand-mère légendaire, je ferai n'importe quoi pour toi, quoi que tu fasses, un énorme amour dissimulant si bien un abandon que j'ai mis des années à me demander sans comprendre, pourquoi ma mère avait délégué sa première maternité à sa mère, comme si c'était la chose la plus naturelle du monde, pourquoi Reine ne racontait rien ou si peu, n'avait pas su ou pas pu écrire son histoire, à la différence de Rose.

Reine jouissait dans la fratrie d'une position à part, surprotégée, petite sœur fragile et sensible qu'il fallait entourer de soins, rassurer sans cesse, assister dans la vie matérielle, tellement mignonne et gentille qu'on ne pouvait pas ne pas lui rendre service pour lui faire plaisir. Quand Reine s'est arrachée à ses parents pour se mettre en ménage, mon père à peine marié s'est retrouvé en trouple. Tout comme mon grand-père, plus tard, avec la sœur de ma grand-mère. La fusion séfarade ne s'embarrasse pas du mariage pour régner, même pas peur, se fiche royalement des intimités séparées, l'amour est fait pour déborder, jamais assez, quel insensé viendrait pleurnicher d'être trop aimé, insulter la chaleur du foyer ? le jeune marié n'aura qu'à se réjouir d'être adopté. Il aime tendrement sa belle-mère qu'il surnomme la belle-doche pour la faire enrager, ils s'entendent aussi bien qu'ils persistent à se vouvoyer. Rose venait à pied tous les jours voir sa fille, son caddie rempli de tupperwares de couscous, boulettes, chachouka, méguina, poulet au safran et citron confit, gratin de courgettes râpées, pommes dauphines, cœurs d'artichauts à l'ail et aux oranges, compote, gâteau au fromage blanc, cigares au miel, fruits déguisés. Les pauvres, ils n'ont pas de quoi, ils courent partout et moi j'ai tout mon temps, prétendait Rose qui avait appris à nager quand ses enfants avaient quitté le nid.

Quand je suis née, Rose s'est occupée de moi à plein temps alors que Reine travaillait à mi-temps, venant me chercher le matin et me ramenant le soir, après m'avoir promenée, câlinée, amusée, soignée, consolée, nourrie, bercée, endormie, changée, baignée. C'est elle qui m'a appris à lire et écrire, bien avant l'école primaire car elle tenait par-dessus tout à ce que je sois en avance. Tu t'es avancée dans ton travail ? me demandera-t-elle toute sa vie jusqu'à l'exaspération. Il fallait arriver en avance partout et en particulier à l'aéroport parce que l'attente faisait partie du voyage. Rose a veillé sur mon enfance, sans cette bonne fée penchée sur mon berceau, je ne sais pas si j'aurais survécu à mon adolescence.

Quand je regarde les années défiler derrière mon front, Rose apparaît partout : Rose assise sur un banc au bois de Vincennes, me faisant des grands signes à chaque tour de manège, Rose au bord du lac grondant un cygne qui a mordu ma botte en caoutchouc, Rose sur une aire d'autoroute, écrasant d'un talon vengeur la guêpe qui m'a piquée, Rose à la sortie de l'école, bavardant et blaguant avec les mamans, Rose rue du Sahel me faisant réviser les tables de multiplication, Rose à Barbizon m'aidant à chevaucher un lion de pierre, Rose sur la promenade des Anglais et son pas de sénateur romain, Rose m'emmenant pisser au Negresco, Rose à la mer me faisant faire des largeurs avec mes flotteurs et la remarque amusée des gens nous reconnaissant, Tiens, voilà le convoi exceptionnel ! Rose à la ferme, négociant pour que je puisse nourrir un agneau au biberon, Rose m'installant sur le pot avec un livre et criant au miracle en m'entendant lire avant de comprendre que je récitais par cœur, le livre à l'envers, Rose préférant dire ouatères que vécés, Rose se précipitant devant le poste, courant de la cuisine au salon, pour voir les défilés de mode à la fin du journal télévisé, Rose au cinéma commentant les films à voix haute, Ohlala, quel fumier ! s'excusant confuse en entendant CHUT !!! et reprenant de plus belle, AïeAïeAïe, la pauvre ! etc. Rose incapable de parler sans les mains, Rose insistant pour que je mette le ton en lisant, Pas comme ça, avec le cœur ! Rose tenant à me transmettre son audace vestimentaire, Essaye ça, c'est la dernière mode, Rose et son impeccable carré plongeant avec la frange comme Sabine Azéma, Rose ne sortant jamais sans son blush, son rouge à lèvres et son Coco Chanel, Rose masquant ses cheveux blancs sous une teinture acajou, Rose et ses soins de beauté essentiels, eau de rose pour les joues, eau de bleuet pour les yeux, huile d'amande douce pour le corps, Le reste c'est zéro ! Rose se démaquillant avec un brumisateur et un coton, Rose et sa gaieté désarmante, Rose pleinement satisfaite de son existence, Rose et son amour immodéré des grands hôtels et des salons désuets avec pianiste et chocolat épais à l'heure du thé, Rose et ses rituels adorables pour se faire la vie douce, une pêche melba chez Raimo, un canard laqué à L'Arc en ciel, un couscous royal à L'Escale de Marrakech, Rose réclamant un fraisier pour son anniversaire, Rose s'obstinant à manger du pain azyme à la margarine pour garder la ligne, Rose me bordant sous l'énorme édredon de la minuscule chambre du fond qui avait été la chambre de Reine, Rose me lavant les cheveux avec un jaune d'œuf et du vinaigre de cidre, Rose sauvant mes habits préférés avec du savon de Marseille, Rose sifflant d'admiration en me voyant sortir du bain, T'as un joli p'tit corps, tu vas en faire tomber, des hommes, plus tard, Rose m'appelant Mistinguett parce qu'elle avait les plus belles jambes du monde, Rose m'encourageant à me faire belle quoi qu'il arrive, On n'est pas à l'abri d'un succès, Rose me saoulant pour l'éternité avec le cousin Pierre-Émile qui avait fait Sciences Po, Rose se sentant coupable du suicide de sa nièce, Si seulement j'avais pu lui parler, le soir où elle a pris le volant... elle était malheureuse, son mari la trompait, Rose m'apprenant à me changer en rentrant à la maison, distinguant habits du dehors et habits du dedans, Rose préparant le petit déjeuner la veille au soir, nappe blanche, thermos de café au lait, jus d'orange, tartines grillées et les valises une semaine à l'avance, dans l'entrée, Comme ça, tout est prêt, on est tranquille, Rose me soignant avec des inhalations d'eucalyptus, des infusions d'anis étoilé, du miel et des suppositoires, Rose me rappelant gravement On prend froid par la tête et par les pieds, Rose éclatant de rire en m'entendant répondre à une voisine Ma grand-mère m'interdit d'accepter les bonbons des inconnus mais exceptionnellement j'en veux bien un, Rose refusant qu'on l'appelle grand-mère, Ça fait vieux, mémé, c'est affreux, préférant mamy, Plus joli avec un i grec, Rose chez Kenzo place des Victoires, me foutant la honte en marchandant comme au fin fond du souk de Marrakech, Rose devenue amie avec la vendeuse de Kenzo tellement elle l'avait fait rire en demandant de lui mettre telle pièce telle taille de côté pour les soldes à moins cinquante, Rose ravie de partager ses privilèges avec sa fille et sa petite-fille, Rose si fière qu'on la prenne pour ma mère, Rose m'incitant partout à me faire des amis et surtout à entretenir mes amitiés, Rose et sa table ouverte aux amis, voisins, amis d'amis, Rose à l'origine du mariage de son ébéniste avec sa femme de ménage, Rose recevant les gens comme des rois, Rose m'accueillant chez elle pour réviser mon concours quand Reine refusait que je rentre à la maison sous prétexte que mon stress était contagieux, Rose gardant mon chat noir pour que je puisse partir en vacances quand Reine ne voulait pas de cet animal chez elle, Rose racontant sa rencontre avec François Mitterrand, Rose et ses gaffes redoutables, à un cousin sorti de prison, C'est passé vite ! rougissant à sa réponse lapidaire, Pas pour tout le monde ! Rose déclinant les invitations qui l'emmerdent pour ranger sa maison, J'ai tout en l'air ! Rose cherchant mine de rien à convertir mon fiancé, Ne vous en faites pas, ils vont vous faire juif, c'est une formalité, Rose me félicitant de mon choix Je l'aime bien, ce jeune homme, il est beau et il est bien et je m'y connais, hein, Rose catastrophée d'apprendre que son fils voulait faire photo, se renseignant sur les grands photographes et lui décrochant un rendez-vous avec Janine Niepce et Henri Cartier-Bresson après avoir cherché leurs noms dans l'annuaire, Rose perchée sur un haut tabouret, épluchant des poivrons rouges sortant du four dans la cuisine éclaboussée de lumière, Rose me montrant comment rouler la semoule, Rose devançant les caprices de ses petits-enfants, passant le lait chaud, pressant les oranges, râpant les pommes, mixant le jambon et haussant les épaules aux remarques de ses enfants, Si ça leur fait plaisir, quelle importance ? j'ai tout mon temps, Rose attendant ses invités à la porte de l'ascenseur, Rose répondant invariablement Avec plaisir ! au C'est moi ! de l'interphone, Rose et sa guerre impitoyable contre le gras qui bouche les artères, la cigarette qui détruit les poumons et la télévision qui tue la communication, Rose se réjouissant que Reine ait épousé un cardiologue, Rose soignant son mari cardiaque à sa façon, surveillant de très près son alimentation et critiquant vertement ses écarts, Tu creuses ta tombe avec tes dents ! Rose assise le visage dans ses mains devant le cercueil de son mari, Rose sidérée par ma séparation, Je ne comprends pas, une si jolie jeune fille, ils ont les yeux au derrière ! Rose avant son opération, devinant le chagrin que j'essaye de lui cacher, Ne sois pas triste, si c'est fini c'est que c'était pas bien, Rose et ses insomnies dès qu'elle me sentait malheureuse, Rose commentant mes fiascos amoureux, Pôpôpô, il est pas dans sa peau, Rose ne désespérant jamais de me trouver un fiancé comme il faut, Ma chérie, je t'en prie, ne gâche pas tout, il m'a dit qu'il te trouvait très sensuelle ! Rose émerveillée par mon chat noir, Il lui manque la parole ! c'est un bandit, tu sais, il déterre mes plantes, il fait ses ongles sur mon palmier, il sait qu'il a pas le droit, il me regarde fixement et il secoue le tronc avec ses deux pattes, dressé comme un ours, je le poursuis avec mon torchon et après il me nargue en faisant la potiche sur la plus haute étagère, il slalome entre les bibelots et il fait rien tomber, ma parole, il est sensationnel, tu savais qu'il ouvrait toutes les portes, même celles avec des poignées inversées ? quel numéro ! mais on s'entend bien, on a nos habitudes, il vient regarder la télé avec moi en ronronnant comme un tracteur et il met sa tête dans mes cheveux sur l'oreiller, Rose se relevant la nuit pour m'écrire sa vie en deux pages, de son écriture fine et appliquée, pour être sûre de ne rien oublier, Rose souveraine lisant l'histoire de sa vie, la voix tremblant légèrement sur la fin, puis ravalant ses sanglots pour dire les derniers mots la tête haute, Rose oubliant ma séparation et le reste en répétant Et ton fiancé ? jamais il vient me voir, le chameau ? on devrait organiser un bal pour ton mariage, Rose s'exclamant T'y a longue vie ! en décrochant parce qu'elle pensait précisément à moi quand le téléphone a sonné, Rose si soucieuse d'aimer sans peser, Si tu as trop à faire, ne t'en fais pas, on se verra, Rose émue aux larmes en me voyant entrer dans sa chambre d'hôpital, Rose s'illuminant en m'apercevant derrière la fenêtre du restaurant, trébuchant et tombant, le visage contre le trottoir, Rose le nez en sang s'excusant, J'étais si contente ! Rose tenant tellement à ne pas déranger, Rose si totalement dénuée d'agressivité et de mauvaises pensées, Rose désapprouvant ma psychanalyse, Ça va te séparer de ta mère, j'ai bien remarqué, tu as un petit ton pointu depuis que tu vas voir ce type, Rose si étrangère à la mélancolie, Je ne comprends pas, tu as tout, tu es jeune, belle et intelligente, regarde-toi, bourrique, au lieu de faire le museau, tu as bon cœur, la vie devant toi, c'est péché d'être triste avec un trésor pareil, calme-toi, respire, va te promener, le bonheur, il va arriver, Rose mettant la salade dans le four et la pastilla au frigo, Rose faisant brûler des biscottes sur son grille-pain préhistorique et les grattant patiemment avec un couteau au-dessus de l'évier, Ne mange pas le noir, c'est cancérigène ! Rose roulant des tranches de jambon qu'elle découpe en fines lamelles pour sa célèbre salade de jambon à la vinaigrette, Rose inventant n'importe quoi pour ne pas m'inquiéter, Rose s'endormant à table et s'absentant du monde, Rose partie sans savoir que j'enseignais à Sciences Po, Rose dans son lit recroquevillée en chien de fusil, portant ma main à ses lèvres et la gardant serrée contre sa joue, Rose rayonnante les bras levés à l'orientale, dansant et riant aux éclats au mariage de son fils aîné, Rose n'oubliant jamais de dire pardon ou merci, Rose dans ses derniers moments disant Je t'aime beaucoup beaucoup, je t'adore, tu peux pas savoir comment je t'aime, Rose ne sachant plus quel jour on était, reconnaissant à peine les visages mais retrouvant avec moi les paroles de la berceuse qu'elle me chantait enfant, *Ah Ah Ah Ah, Oh mon amour… Ah Ah Ah Ah, à toi toujours…*

Quand mon frère est né, deux ans et demi après moi, Reine a décrété que je n'étais plus une enfant. Je la revois souriante dans l'entrée de l'appartement, un couffin dans chaque main, un grand et un petit, à droite, un nouveau-né hurlant, à gauche, un baigneur en plastique : Ça c'est mon bébé, ça c'est ton bébé, tu es grande, maintenant, tu dois montrer l'exemple à ton petit frère. Les rôles étaient distribués pour l'éternité. La petite fille modèle tellement précoce qui parlait couramment à dix-huit mois et lisait seule dans son lit à l'âge où les enfants réclament une histoire et une petite lumière dans le couloir et l'enfant rêveur dans les jupes de sa mère à l'imaginaire tellement poétique, s'extasiant devant des brocolis, Oh, une forêt vue d'avion ! qu'il fallait laisser jouer le plus longtemps possible.

Au mariage de son fils aîné, Rose danse folle de joie, les bras levés, tandis que Reine se penche sur moi menaçante. Le fils cadet de Rose, devenu photographe, a capté la gravité sur mon visage, une détresse animale, la peur de déplaire à Reine. Elle m'a offert pour l'occasion une robe de princesse pastel à fines rayures et un petit sac en tissu assorti, porté en bandoulière. J'ai voulu y ranger mon doudou, un vieux mouchoir bleu avec lequel je suçais encore mon pouce à cinq ans. Reine refuse cet accroc à mon image de petite fille parfaite et la sienne en miroir, je suis là pour lui faire honneur avant toute chose, sa fierté, sa royauté miniature, sa voix devient dure d'un coup, me rappelant ma chance d'être admise dans le monde des adultes, à une soirée de grands, avec une robe de fête, mais je préférais peut-être rester à la maison comme un bébé ? J'ai dû pleurnicher, négocier, supplier, que sais-je encore, elle a cédé à condition que le doudou ne sorte pas du sac, j'ai promis, consciente d'un pacte solennel dont il fallait se montrer digne. La fête se prolongeant tard dans la soirée, j'ai craqué. Le cliché immortalise ma faute, indélébile comme sont souvent les souvenirs de honte : le doudou dépassant de mon poing serré, trop tard pour échapper au regard d'oiseau de proie.

Je suis devenu photographe parce que je n'ai pas de mémoire, disait le frère de Reine qui a longtemps envié la mémoire de son père. J'ai commencé à écrire pour survivre à mon hypermnésie, consciente que la mémoire héritée de mon grand-père était un don et un drame, un putain de pharmakon familial, autrement dit un remède et un poison.

L'hiver de mes quatre ans, mes parents sont partis aux Antilles avec mon frère, me laissant seule chez mes grands-parents. Reine était formelle : Il y a école et on ne manque pas l'école. Sur les photos prises par mon père, mon frère danse son premier slow avec une petite blonde prénommée Albertine, réclame au barman du maracuja dans son biberon et se fabrique sans moi un mythe fondateur de son enfance. Je me revois assise sur un banc, à leur retour, toute petite, les pieds se balançant dans le vide, sous le préau de la maternelle. J'ai vu arriver ma mère de loin, dans la cour de l'école, rayonnante et bronzée, prenant tout son temps pour raconter à la maîtresse ses vacances au soleil. J'attendais sur le banc qu'elle finisse sa parade. Je me souviens d'une mère qui disait de la mienne Tiens, voilà Reine qui fait de la pub pour Kenzo ! Quand elle s'est enfin avancée vers moi, souriante, pour venir me chercher, j'ai regardé résolument ailleurs.

Une seule fois dans mon enfance, si je me souviens bien, Reine s'est occupée seule de moi. Un été caniculaire dans une ville portuaire. Je dois avoir huit ans, une frange et un maillot de bain panthère rose. J'ai oublié pourquoi, cet été-là, nous nous sommes retrouvées seules et perdues dans cette ville inconnue, ma mère et moi. J'ai ressenti pour la première fois son manque d'autonomie et le manque d'air étourdissant qu'il provoquait en moi, suspendue à ses humeurs, comme si je lisais, chaque matin, la météo sur son visage. Souvenir désœuvré, journées vides ponctuées de glaces et de mouettes, errant du vieux port à la vieille ville médiévale, arpentant les rues écrasées de chaleur, sans savoir où aller. Une visite à l'aquarium climatisé. Un déjeuner joyeux, camembert et piémontaise, les pieds dans le caniveau, deux gosses complices d'une transgression inouïe, Reine ravie d'échapper à la pesanteur de la vie matérielle et la censure de son mari, Si ton père nous voyait ! Et la crise. Je suis pliée en deux dans la chambre d'hôtel, sans pouvoir respirer, Reine en panique appelle un médecin qui me fait une piqûre, j'entends Plexus solaire avant de m'endormir.

Quand j'ai quitté la maison pour préparer un concours, Reine a déclaré que j'étais un traître comme mon père et m'a fermé sa porte. Je n'étais plus chez moi dans la maison où j'avais grandi, j'avais voulu vivre seule, indifférente à sa douleur, elle me laisserait seule apprendre à vivre et travailler, sans plus personne pour s'occuper de moi. Je n'étais plus son enfant depuis longtemps, désormais je n'étais plus sa fille. Elle a vidé ma chambre sans me consulter, donné sans tarder mes jouets, peluches et vêtements à ma cousine qui dormait régulièrement dans mon lit pour remplacer sa fille ingrate.

Quand je me suis installée seule dans mon premier appartement, perché en l'air en pleine lumière, j'ai retrouvé le vertige de la ville portuaire combiné à l'ivresse de la première fois. Je lisais Spinoza au soleil, en bikini élastique, les pieds dans la gouttière, je fumais des cigarettes longues et fines, le soir à la fenêtre, en guettant le joli voisin d'en face, je voyais des signes partout, je croyais à ma chance, je séchais les cours pour faire la sieste, je faisais des nuits blanches pour finir mes dissertations, je regardais la ville briller par la fenêtre, le zinc des toits si bien assorti aux plumes des corneilles et je ressentais, loin de Reine, le sentiment de la maison, j'apprivoisais ma vie à ma vitesse intérieure, je cristallisais à la vitesse de la lumière, je me faisais adopter partout, je flairais comme les chats les gens et les lieux chaleureux, je buvais du rhum arrangé dans des petits verres colorés, je changeais de couleur de cheveux avec les saisons, je déclarais ouverte la chasse en terrasse, je me prenais rarement des vents, je faisais bander les mecs avec un clin d'œil lent, je me choisissais un gang de meufs inséparables, j'inventais des tajines improbables, j'apprenais la danse orientale, je peignais mes meubles en vert pomme, je demandais un homme marié gossé en mariage, je portais du patchouli, un bindi pailleté sur le front et des macarons, je me sentais simultanément invulnérable et abandonnée, fébrile et affamée, je maigrissais à la moindre contrariété, je me lamentais devant le miroir, C'est maintenant que je suis bonne et y a personne pour en profiter ! je me réveillais avec un coup au ventre, la peur de rater, un inconnu tout nu, un chagrin d'amour nucléaire ou un énorme espoir, tout était trop grand pour moi mais j'essayais, dans tous les sens, j'avais vingt ans et je me projetais en avant.

Au même moment, Reine s'inventait une vie trop proche de la mienne et je n'arrivais pas à éprouver de la tendresse pour ses tentatives. Prise de passion pour le rock acrobatique, elle virevoltait de bras en lits. Un jour, en pleines révisions de concours blanc, j'ai reçu le coup de téléphone d'une adolescente surexcitée, Ohlala, on vient de me livrer des fleurs de toute beauté, je ne sais même pas qui me les a envoyées, ahahah, j'ai tellement d'amants que je m'y perds, pourvu qu'il y ait un mot, que je sache qui remercier, ahahah, quel beau bouquet, si tu voyais, il ne s'est pas moqué de moi, si c'est celui auquel je pense, je ne lui ai pas demandé sa carte d'identité, mais j'espère qu'il est majeur, ahahah. J'ai mis fin aux gloussements d'une voix blanche, Plus jamais, tu m'entends ? plus jamais tu me racontes tes histoires de cul, je suis ta fille, tu te souviens ? pas ta copine, ta fille, putain et pendant que tu t'envoies en l'air, je prépare un concours, toute seule, tu te souviens ? sur ce, au revoir, j'ai du travail. Elle ne m'a plus jamais rien raconté de sa vie.

Ce jour-là, en raccrochant au nez de Reine, l'écume aux lèvres, j'ai eu le sentiment de franchir un seuil dangereux, comme dans les contes de fées, j'ai brisé le miroir en mille morceaux et j'ai attendu la malédiction.

Trois ans plus tôt, Reine avait réussi à ruiner ma première histoire d'amour en rencontrant la mère du garçon que je fréquentais dans mon dos. Quand il m'a raconté en riant le déjeuner de nos mères, trouvant l'initiative touchante, j'ai eu tellement honte que je l'ai quitté. Sa mère était infirmière de nuit, son père alcoolique et violent, envoyé en pension en région, il vivait seul depuis longtemps à dix-sept ans, il ne pouvait pas comprendre. J'ai hurlé, Elle a osé, la salope, elle a osé, il m'observait en silence, comme si j'étais devenue folle, sidéré par ce déferlement de violence, Et toi ça te fait rire, putain ? ma mère est dingue et elle va me rendre dingue, tu comprends ? Cette confusion des intimités me dégoûtait, ma première histoire d'amour ne m'appartenait plus, j'ai rompu. La malédiction de Reine commençait son ouvrage, la séparation devenait vitale : la solitude ou la folie.

Trois ans plus tard, je rencontrais un garçon dans la maison de mes nuits, une cave à vin magique, de l'autre côté de la Seine, qui sentait bon la sueur, l'encens, le tabac, la pierre mouillée, la cire fondue et le feu de bois, où se serraient étudiants, artistes, touristes, quadras dépressifs en quête de jeunes filles. J'ai reconnu à l'intensité de son regard, sa curiosité illimitée de mon être, le programme romantique de Rose, on a dansé, *nos voix criblées de joie montaient de l'ombre, et nous écoutions nos cœurs chanter*, on a ri, on s'est embrassés, on a bu beaucoup trop de vin qui rend aveugle, il a écrit mon numéro de téléphone sur sa main en promettant de ne plus jamais se laver, m'a appelée dès le lendemain matin, ému de prononcer mon prénom, invitée à dîner chez lui. J'ai traversé une cour pavée pleine de bambous, levé les yeux, il m'attendait à la fenêtre, la table était mise, David Bowie chantait, il avait préparé un repas indien, curry d'agneau, courgettes sautées à la coriandre, riz parfumé, vin rouge boisé épicé dans des grands verres, lumière douce, on s'est réveillés en cuillères avec les oiseaux, l'odeur du café, croissants au lit, on est sortis se promener vers les jardins du Palais Royal, visiter une exposition de photo, manger une soupe Phô et puis il fallait que je rentre travailler, le concours blanc approchait, on s'est serrés dans les bras éperdument, le cœur confiant, je suis remontée sur la butte à pied, sous le soleil d'hiver, en chantant intérieurement *c'était le temps des fleurs, on ignorait la peur, les lendemains avaient un goût de miel.* Le rendez-vous suivant, j'avais oublié que c'était la Saint-Valentin, il est arrivé chez moi, fou de joie de me revoir, avec un énorme bouquet de renoncules jaunes.

Les semaines passèrent sans nuage. Après avoir longuement hésité, je lui ai proposé de m'accompagner à une projection où pouvait se trouver Reine, il était invité à une fête, le même soir au même endroit, on irait après, c'était un signe. Le soir dit, à peine passé le seuil, Reine s'est précipitée sur nous, se présentant à mon cavalier avec insistance et me pressant de questions déplacées. Il s'est raidi sans rien dire. Heureusement, il était minuit, la fête qui suivait était une débauche d'extravagance, champagne à flots, musique à fond, plumes, poudre et paillettes, masques en dentelle, miroirs dorés, concours d'indécence, boules à facettes, moquette anormalement épaisse, peaux de bêtes, baignoires à pattes de lion. Après la fête, il est soudain devenu vulgaire et agressif, provoquant un type et risquant de se battre, Sérieux, mec, assure la baise ! me sautant salement dessus puis, comme je le repoussais, me jetant des horreurs au visage avec un rictus mauvais, C'est pas toi que j'ai rencontrée, c'est nul au lit, j'ai pas envie de vivre ça, avant de me claquer sa porte au nez.

J'ai assisté sidérée à sa métamorphose, sans rien comprendre sinon que la malédiction de Reine avait encore frappé.

Le prince indien était un nain violent et hargneux, polytoxicomane mondain à la virilité avachie par les excès, qui se vengeait d'avoir été largué par l'amour de sa vie en humiliant une étudiante. Il est revenu, pendant des années, pleurnicher sur mon oreiller, les yeux fous, nageant la brasse sur mon plancher en récitant des noms de fleurs, Salut, la gentiane printanière ! me réveillant pour une déclaration romantique en fin de nuit, m'implorant de sauter dans un taxi et s'endormant ivre mort, sans m'ouvrir sa porte, me suppliant mille fois de lui pardonner, m'appelant penaud à sa sortie de garde à vue, s'étant pris six mois avec sursis, après avoir insulté un vigile puis un flic, fui en courant, avant de foncer, tête la première, contre un réverbère, m'accusant d'être la seule responsable de ses déboires, Si tu m'avais accueilli chez toi au lieu de raccrocher méchamment, je n'aurais pas déconné, saturant mon répondeur de messages mignons, salaces, menaçants, dégueulasses, carrément flippants, fracassant mon téléphone contre un mur, dévalant les escaliers tout nu pour ramasser dans la cour ses habits que j'avais jetés par la fenêtre, m'invitant à le retrouver dans les alpages et me foutant dehors pour un mot de travers, camouflant son impuissance derrière mon inexpérience, se servant de mes sentiments pour me forcer la main au lit, me comparant à son amour perdu qui était une reine et moi une pute, puisque j'acceptais l'inacceptable.

J'ai pleuré pour plusieurs vies. Une nuit, je pleurais tellement dans le taxi que le chauffeur a refusé d'encaisser la course, Faites-moi plaisir, offrez-vous une rose de ma part demain matin. J'ai mis des années à m'en débarrasser, à cesser de croire qu'il pourrait se transformer à nouveau, redevenir un jour le jeune homme amoureux que j'avais rencontré. Il faut dire qu'à cette époque, je n'ai pas encore appris à dire non, ni à reconnaître un débit aviné ou défoncé au bout du fil, je ne sais pas encore que romantique veut dire éjaculateur précoce et je crois ce qu'on me dit. J'étais accrochée à mon mythe fondateur, dans le sillage de Rose, et ne pouvais pas ne pas croire que Reine avait ravagé mon histoire. La métamorphose du prince en pervers avait déchiré ma vision romantique du monde au point de me faire ce serment : devenir la reine des putes pour ne plus être abandonnée.

Dix ans plus tard, j'ai secoué ma solitude par amour en m'installant pour la première fois avec un homme. J'ai cru que j'étais enfin sauvée en rencontrant un être aussi clivé que moi, romantique et obsédé sexuel. J'ai plongé dans la mixité à mains nues, chaque jour était un projet, la vie conjugale me plaisait, à ceci près que mon fiancé, spécialiste des énormités, était infidèle, bisexuel, insoumis et propalestinien. Il voulait se marier, une cérémonie, une vraie, se convertir par amour, un enfant dans l'année. J'ai écrit à une rabbine pour savoir si je pouvais épouser un goy un peu spécial sans offenser Dieu. Il me réveillait en scandant Debout, peuple élu ! je me penchais sur son sexe, Debout, La Science ! Amoureuse et curieuse d'éprouver mes contradictions, avec la même ferveur que Rose : seul un énorme amour aurait raison de la malédiction.

Le jour du déménagement, sa mère a préféré rester dans le camion pour ne pas me rencontrer. Son père est monté me saluer avec un pot de confiture maison.

Il a désamorcé ma mine déconfite en riant, Ma pauvre chérie, c'est mieux comme ça, crois-moi, il n'y a pas de place pour une autre femelle que ma mère dans ma famille, ses fils sont ses phallus, elle te rendra dingue comme elle a rendu dingues mes ex, n'insiste pas, tu vivras plus longtemps si tu ne la rencontres pas. Il était l'aîné des trois frères et survivait avec le dernier à la mort du fils préféré. Quand j'approchais ma main de son visage pour lui caresser la joue, il avait le réflexe d'esquiver la gifle. Il voulait se marier depuis qu'il avait compris qu'on ne se séparait vraiment de ses parents qu'en fondant une famille.

J'ai appris à vivre au rythme de nos différences en priant pour qu'elles ne nous pètent pas trop tôt à la gueule, me réjouissant d'une altérité bienfaisante, m'accrochant aux branches en pleurnichant, craquant parfois puis souvent, me découvrant des ressources insoupçonnées, comprenant que l'amour était un travail de tous les jours. Il était insomniaque, j'étais hypersomniaque, il était amnésique, j'étais hypermnésique, il avait l'angoisse de la page blanche, se mettait à écrire la nuit pour le matin, dans un état second, je me levais sans effort pour écrire, appelée par mon livre, il avait peur de manquer et disait Serre les dents, serre les fesses, j'avais tendance à la dépense et disais C'est déjà triste d'être pauvre, si en plus il faut se priver, il enchaînait les dictons déprimants, Je commence à vivre une fois qu'il est trop tard, On vit seul et on meurt seul, La vie est trop courte pour s'encombrer de gens qui n'ont rien à nous apprendre, Il faut manger pour vivre et non pas vivre pour manger, À vaincre sans péril, on triomphe sans gloire, etc., je cultivais les passions joyeuses et célébrais les plus petites victoires, il partageait l'addition au centime près au nom de son féminisme et par souci de salubrité conjugale, je le traitais secrètement de vieux rat et ravalais mon dépit en suggérant un compte commun, il précisait qu'il ne se marierait pas en communauté de biens, je me demandais d'où lui venait sa hantise de se faire voler par les femmes, il était agacé par mon éthos de bourgeoise, j'étais excédée par son habitus un peu raide, il était obsédé par la réussite sociale mais gardait l'âme prolétaire, j'avais une conscience sociale sans politiser chaque seconde de mon existence, il théorisait à la hache et s'inventait des ennemis, j'étais indisposée par la pensée binaire et la rage de conclure du militant, il venait d'être habilité à, serait nommé professeur des universités l'année de ses quarante ans mais n'avait pas l'air content, vexé de son exil en région, je ne savais pas faire carrière mais je me donnais du mal pour faire ce que je voulais vraiment et le sentiment d'être à ma place me suffisait, il n'avait jamais cherché de travail et considérait mes différentes missions comme un manque d'ambition, j'étais consciente que ma liberté avait un prix et je ne cédais pas sur mon désir, il résistait à l'attachement, j'anticipais l'abandon, il me trouvait trop fusionnelle, me reprochant de vouloir le coincer, j'essayais d'inventer un couple vivable, ménageant nos névroses antipathiques, il fuyait le conflit, je me retenais d'exploser, il se protégeait comme un forcené, je n'avais pas appris à me défendre, il mentait comme il respirait, je cherchais la vérité de son être, il oubliait avoir menti et se perdait dans ses mensonges, je recoupais les informations et le mettais face à ses contradictions, il parlait trop, je n'oubliais rien, il ne tenait pas ses promesses, je disais ce que je faisais et faisais ce que je disais, il jouait sur ma jalousie pour se sentir désirable, je n'aurais pas été jalouse si j'avais pu lui faire confiance, il refusait d'être rassurant, je refusais de renoncer à ma tranquillité pour le rassurer, il ne pouvait pas être avec quelqu'un qui avait besoin de lui, j'avais parfois besoin de me reposer sur lui, il manquait de confiance en lui, mal à l'aise en public, il en faisait toujours trop, débordé par sa sensualité, j'avais le même travers mais j'avais trouvé mon maître, il misait sur la concurrence pour séduire, j'étais excitée par l'engagement et la loyauté, il méprisait l'exclusivité sexuelle et se moquait de mon manque de modernité, j'étais hantée par la trahison et l'infidélité me dégoûtait avec son vaudeville bourgeois, il se disait gouin, je me disais pédée, il triangulait avec ses amis, j'avais passé l'âge des jeux pervers, il provoquait pour se sortir d'une situation compliquée, Avec des juifs comme toi, on n'a pas besoin d'arabes, je percevais derrière son humour manifeste une agressivité suspecte, il employait l'adresse indirecte pour parler de lui, Je connais un couple libertin qui vit ses fantasmes au lieu de les refouler, j'étais plus frontale, Si tu me trompes, je te circoncis avec les dents, la vie commune tuait sa libido, je trouvais qu'on n'avait rien inventé de mieux que le couple pour avoir une vie sexuelle épanouie, il se plaignait publiquement de mon appétit trop grand, À moins de trois rapports par jour, le couple est en crise, j'en peux plus, j'assumais seule l'initiative sexuelle au lieu de le laisser revenir vers moi, il vivait dans la répétition et la résignation, je me réinventais sans cesse, il urinait dans des récipients pour gagner du temps quand il bouclait un travail important, je maudissais son hygiène douteuse et le traitais de malpropre, il devenait accroc à tout ce qu'il touchait, sucre, tabac, alcool, sport, porno, écrans, anxiolytiques, l'addiction me terrifiait et je me disciplinais sans mal pour la maintenir à distance, il se nourrissait exclusivement de blanc de poulet et courgettes bouillies, ananas crevettes les jours de fête, faisait des pompes avant chaque repas, poussait de la fonte comme un cinglé, travaillait équipé d'une ceinture abdominale de stimulation musculaire, je mangeais ce qui me plaisait sans me soucier de ma ligne et me méfiais du sport, il avalait des aliments bruts en énorme quantité, je cuisinais des plats élaborés, privilégiant une alimentation variée en petite quantité, il se jetait sur la nourriture comme un affamé, j'en étais encore à l'entrée quand il commandait le dessert, il s'infligeait riz blanc et lieu noir pendant des mois et ruinait ses efforts en une séance de cinéma, boulottant un tas de bonbecs à toute vitesse, je me passais volontiers de sucre et féculents mais pas de fromage et charcuterie, il gobait un blanc d'œuf cru à l'apéro, je réservais le jaune pour mes carbonara, il montrait du doigt mon gras local, je l'appelais Gras Double et le mettais en garde contre son gras cérébral, il menaçait de faire chambre à part si je prenais du poids, je proposais de faire cuisine à part, il était fonctionnaire et propriétaire, j'étais vacataire et locataire, pratiquant le cumul de précarité, il n'arrivait pas à se projeter avec moi à cause de ma précarité professionnelle, je peinais à comprendre comment un militant d'extrême gauche pouvait prononcer une phrase pareille, il se vantait d'avoir terminé son analyse, je me demandais si j'aurais fini la mienne un jour, il arrivait en retard à tous ses rendez-vous, je mettais un point d'honneur à rester ponctuelle, il ne s'excusait jamais, plutôt crever, je persistais à demander pardon pour une action ou une parole malheureuse, il disait une chose et son contraire, je me débattais entre ses injonctions contradictoires, il circulait nerveusement à vélo, je rêvais dans les transports en commun, il marchait dix mètres devant moi dans la rue, je le traitais de blédard de base, il adorait se fatiguer, vocaliser son effort, porter de lourdes charges, comme s'il cherchait à expier quelque chose, je ne crachais pas sur un certain confort, il ne tenait pas en place, je restais étendue des journées entières, il aimait son quartier populaire et cosmopolite qui lui rappelait son enfance africaine, je ne m'y sentais pas en sécurité et assumais mon amour définitif et durable pour mon village perché, il ne supportait pas de traîner en terrasse comme si c'était un luxe qu'il ne pouvait pas se permettre, ne rien faire était indispensable à ma santé mentale, il fonctionnait comme s'il n'avait pas le droit de se détendre, seulement guidé par son intelligence intéressée, ne s'autorisant que le plaisir sexuel et encore, j'avais appris à ralentir, apprécier ma propre compagnie, me faire la vie douce, il aimait voir ses amis mais ne les appelait jamais et se plaignait d'être esseulé, j'entretenais mes amitiés et m'occupais de la sociabilité du couple, quel énorme amour il fallait pour nous aimer malgré tout, comme des aimants cheulous, j'ai longtemps cru que nous n'en finirions jamais de rire de nos contraires : nous étions faits l'un pour l'autre.

Suffisamment sûre de mon amour, j'ai décidé de présenter mon futur mari à ma mère pour mon anniversaire. Le dîner s'est passé le moins mal possible. Mon frère est venu avec sa fiancée. Reine a réussi à placer, entre la côte de bœuf et les crêpes Suzette, qu'elle ne se sentait pas prête à devenir grand-mère et nous serait reconnaissante d'attendre un peu pour les petits-enfants. Personne n'a relevé l'énormité. J'ai commandé un Grand Marnier que j'ai avalé de travers. Au moment de l'addition, elle s'est tournée vers les hommes en minaudant, On fait comment ? J'ai hurlé intérieurement, jeté ma carte bleue sur la table, il a sorti la sienne d'un geste calme, M'enfin, ma chérie, tu ne vas pas payer pour ton anniversaire. Sur le chemin du retour, il m'a laissée ruminer en silence, avant de lancer : Quand je te vois avec ta mère, ça ne me rassure pas pour fonder une famille.

Trop vite dans notre histoire, il a été trop tard. Mon rêve d'altérité bienfaisante a viré au cauchemar. Nos fous rires étouffés par l'angoisse, nous laissant dans l'impasse, impuissants et muets, chacun dans son coin. La vie conjugale conflictuelle réveillait mes pires démons et je ne connaissais plus le repos. Je reconnaissais Reine dans mes réactions, rattrapée par la malédiction et j'en voulais à mon fiancé de provoquer la métamorphose. Je ne savais plus qui j'étais ni comment retrouver mon calme. J'étais aliénée, rendue autre par amour. J'avais perdu ma solitude peuplée que j'avais mis si longtemps à conquérir. Je passais mon temps à l'attendre et j'avais tout le temps peur de le perdre. Plus j'avais peur, plus je mettais ses sentiments à l'épreuve, plus il prenait ses distances au lieu de me prouver qu'il m'aimait et plus je me sentais misérable. J'avais beau être une battante, je sombrais, avec l'ego d'un chaton mouillé. La mélancolie maternelle avait envahi mon couple, diffusant la peur et le soupçon, pulvérisant mon énorme amour. La répétition défigurait mon histoire et j'avais le vertige. J'ai voulu la peau de mon amour, dans tous les sens, mais il s'était transformé en caillou. Coucher avec un caillou, c'est compliqué. Se bagarrer avec un caillou, ça sert à rien, ça fait trop mal et j'étais trop fatiguée. Comme un petit animal flaire trop de prédateurs à sa poursuite, je me suis roulée en boule en attendant que la meute passe, j'ai abandonné.

Un dimanche soir de neige, mon énorme amour s'est mis en colère sur un mot de travers et j'ai su qu'il était trop tard, la porte a claqué sur notre histoire. Il m'avait dit Repose-toi, on reprendra cette conversation plus tard, mais je savais qu'il ne reviendrait pas. Deux jours plus tard, il m'a quittée par mail, comme un conseiller bancaire clôture un compte qui pique les yeux, me mettant définitivement à l'imparfait. Moi qui croyais si peu à la mort, j'ai vraiment cru que j'allais en crever. J'ai pensé à la Shoah. Être aimée un jour, être rien le lendemain. J'ai pleuré jour et nuit pendant des mois, deux hivers, deux printemps, un été, un automne, transformée en flaque, liquéfiée par le chagrin, une vraie femme fontaine, enfin, comme dans ses fantasmes les plus fous, je me suis laissée couler dans mon lit avec mon caillou sur le ventre.

Comme le réel n'a pas peur de se répéter, je perdais le sommeil, l'appétit et la concentration au moment où Rose perdait la mémoire. Pour la première fois de ma vie, ma grand-mère légendaire ne pouvait rien pour moi, c'était à mon tour de m'occuper d'elle, mais j'en étais incapable et ça me brisait le cœur au carré.

Pour la première fois, j'ai eu peur pour ma vie et j'ai appelé Reine au secours. Elle était en vacances avec des amis et a envoyé mon père à sa place. Il a compris que l'heure était grave, pris le premier avion pour venir me voir, m'a aidée sans que je lui demande, sans rien me demander en échange. C'était l'été. On a déjeuné au soleil avec du vin blanc frais. Il n'a pas su quoi dire. Ben alors, beloute ? ça va pas fort ? ne bois pas sans manger comme ça, c'est pas bon pour c'que t'as. J'ai éclaté en sanglots. J'en ai marre de moi. Mon mec m'a larguée par mail alors qu'on vivait ensemble, je ne sais pas si je vais survivre à ça. Depuis que tu es parti, je me sens condamnée à être abandonnée. J'ai divorcé avant de me marier. Je fais une dépression au lieu de faire un enfant. Et lui se prélasse sur la plage avec une autre. Il a soupiré après un long silence. Ça veut rien dire. Les hommes restent debout même s'ils sont brisés. Les hommes sont lâches. Tu as toujours été révoltée. J'ai entendu derrière le présent de vérité générale une vérité personnelle. Je comprends. J'ai été lâche comme ton mec. Tu es ma fille du feu. Tu vas t'en sortir. J'ai raconté en larmes ce qui me faisait le plus mal dans l'histoire. Mon fiancé avait réglé la séparation comme un problème mathématique, me réclamant le lit dans lequel je pleurais jour et nuit : c'est lui qui l'avait payé. Après avoir scientifiquement vidé l'appartement, selon son échéancier de liquidation sentimentale, il avait oublié son slip de super-héros dans le panier à linge sale. Mon père a balayé mes mots du bras avec mépris, comme s'ils étaient trop moches pour être prononcés. Il est complètement givré. J'ai souri à l'adjectif givré. Les hommes sont lâches mais lui, c'est vraiment la synthèse. Entre nous, tu devrais pousser un grand ouf de soulagement. Non mais, imagine un peu, un enfant, pas un chat, un enfant, avec un gros connard. Des allers-retours en région. Toute une vie de négociations merdiques avec un vieux rat. J'ai ri pour la première fois depuis longtemps.

Moi, j'ai pas de chance, s'est confié mon père, j'ai rencontré trop tard la femme qui me correspondait vraiment. J'ai protesté qu'il n'était jamais trop tard pour faire preuve de panache. Mon gros connard, s'il revenait en grand sur ses pas, malgré la douleur, je crois que je dirais oui. Il m'a sondée du regard avant de secouer tristement la tête. Je crois que j'ai laissé passer ma chance. J'ai insisté. On n'insulte pas le possible. Il a souri en coin. Si tu le dis. On verra bien. Je sais bien que les bulles des premières fois ne durent pas. Mais les bulles étaient tellement extraordinaires.

Mon père avait merdé mais il avait quitté la maison avec une valise et le costume qu'il portait, laissant tout à ma mère pour repartir à zéro. Il avait payé pour son crime pour l'éternité. Il continuait à payer après sa mort, pour rien. Reine avait pris l'argent et les appartements sans décolérer, sans même imaginer la possibilité du pardon. Elle avait préféré se replier sur sa fortune plutôt que de partager avec ses enfants comme mon père l'avait espéré. J'ai longtemps cru que ma mère avait été aimante et généreuse avant son divorce. J'ai longtemps attendu que le choc passe et qu'elle redevienne comme avant, une mère suffisamment bonne, soucieuse de protéger ses enfants. Maintenant je ne sais plus. Peut-être qu'elle était déjà comme ça, obsédée par la peur de manquer, les sentiments régis par l'argent. L'aisance matérielle apportée par mon père dissimulait peut-être son vrai visage. Je ne pouvais plus parler avec Reine parce que je ne pouvais plus croire ce qu'elle disait. L'argent déformait nos rapports depuis trop longtemps. Dès qu'elle ouvrait la bouche, s'insinuait le soupçon du mensonge et de la manipulation. Et j'avais peur qu'elle me contamine avec son poison.

Reine est rentrée de vacances et venue me rendre visite sur la butte, non sans se plaindre de la distance, de la circulation, du temps qu'elle allait mettre à se garer. Elle n'a posé aucune question, si ce n'est Qu'est-ce qui t'as pris de t'installer si loin dans ce quartier malfamé ? Elle ne s'est pas alarmée de voir sa fille hébétée, flottant dans ses vêtements, les larmes aux yeux pour rien. Elle acceptait de m'aider si et seulement si je m'engageais à restaurer une relation mère-fille. Pourquoi pas un voyage au soleil ? Quoique. Elle ne pouvait plus voyager loin avec son mal de dos. Et elle a éclaté en sanglots. J'avais peur de mourir de chagrin et c'était encore elle qui pleurait. Peine perdue. J'ai remercié pour le déjeuner et je me suis levée. Elle a eu envie de monter au Sacré-Cœur voir la vue, avec une excitation d'enfant. J'ai évoqué les troupeaux de touristes. Elle a renoncé. Tu as raison, j'irai une autre fois. J'ai ressenti une tristesse immense, tenté en vain de revenir en arrière. Je m'en suis tellement voulu de l'avoir découragée, pour une fois qu'elle s'aventurait hors de son territoire et je suis rentrée chez moi le cœur gros.

Six saisons blanches passèrent. Sans rien faire. Horizontales journées. Reine m'avait au moins appris ça. Jouir de l'horizontalité. Aimer lire et dormir comme si le temps n'existait pas. Valoriser le sommeil au point d'en faire un mode de vie et un secret de beauté. Les images de ma mère sont surtout des souvenirs étendus. Reine prenant un bain de soleil sur un balcon à la montagne. Reine faisant des mouvements de gymnastique sur le tapis d'Orient du salon. Reine s'épilant sur une serviette-éponge dans la salle de bain. Reine se réveillant d'une longue sieste au milieu de l'après-midi. Reine chantant Barbara dans son bain. Reine lisant dans son lit des journées entières. Reine pleurant dans son lit des journées entières. Reine téléphonant dans son lit pendant des heures. J'avais attrapé sa langueur avec son lait. Et je ne savais pas si je devais m'en réjouir ou en pleurer. Six saisons blanches passèrent, étendue sans rien faire. Je ne sortais de mon lit que pour aller voir Rose qui comme moi ne sortait plus de son lit et avait peur de mourir. Je ne savais pas quoi lui dire pour la rassurer, comment la distraire et lui rendre la vie douce, à part lui apporter son gâteau préféré, lui caresser la main, lui chanter une berceuse, répondre à ses Je t'aime et l'embrasser. J'en sortais le cœur plus gros encore. L'amour inconditionnel de Rose me renvoyait au désamour de Reine et à celui de mon fiancé. J'ouvrais au hasard le livre à l'origine de mon prénom et tombais sur ces mots : *Je n'ai jamais pu trouver quelqu'un qui sût m'aimer.* Je voudrais tant pouvoir dire un jour : *Celui qui m'aime, le voilà !*

Six saisons plus tard, je me suis levée. J'ai enfilé ma robe rouge à cœurs blancs, ma culotte magique et mes talons vernis. J'ai mis mon rouge à lèvres *Lady danger* et je suis sortie, légère et court vêtue. Le jour de l'été, j'ai embrassé Le Beau Ténébreux. Je me suis projetée en avant comme avant, vodka citron, fenêtre ouverte sur la nuit chaude. J'ai attrapé ses doigts de faon et j'ai senti un peu son immense corps.

Le Beau Ténébreux était déjà maqué + gossé, je n'étais sûrement pas sa seule amante, en plus de sa femme, mais je m'en foutais. La renaissance me suffisait, l'élan vital que je croyais perdu à jamais, le dur désir de durer, je retrouvais dans ses bras ma capacité d'amour intacte et j'étais éperdument reconnaissante. Je vivais mon nouvel amour comme un miracle : quelque chose d'impossible qui pourtant arrive. J'aimais tout de lui, sa voix rauque, sa mèche de dandy mélancolique, ses messages laconiques, sa dépression chronique, son Vétiver, son allure de chasseur revenu de tout, veste en velours sombre sur pantalon clair, ses yeux revolver, ses poils longs et doux, ses cigarettes longues et fines assorties à ses mains, ses lèvres minces, son nez de rugbyman aux coups de soleil sensationnels, son humour méchant, sa manie de ponctuer ses phrases par C'est cheumo ou C'est cheulou, sa vieille maîtresse surnommée La Ieuve, sa vocation tyrannique l'autorisant à vivre d'alcool et de contemplation, telle une petite pute entretenue, son assurance folle de poète se prenant pour Rimbaud, sa beauté bouleversante, sa fierté d'être le père adoré d'une petite fille, ses caprices d'enfant-roi, son aisance à circuler entre les mondes, des falaises d'Étretat au festival de Cannes, de sa chambre de bonne à la Villa Médicis, des signatures en librairies aux dîners en ville, des bacs à sable aux vernissages, son hésitation perpétuelle entre sauvagerie et mondaneries, ses soupirs blasés l'air de dire Les gens, c'est les pires, son mépris de la virilité ordinaire, sa haine de son père malgré ou à cause de leur ressemblance troublante, sa dévotion pour sa mère et son deuil éternel, ses dérapages adorables, ses randonnées nocturnes, ses visites-surprises au réveil ou en fin de nuit, champagne ou croissants, sa passion pour le Slove, slow à pelles et l'accord parfait, du sexe et un steak, ses manières de princesse, snob et masochiste, ses boutons de manchettes, ses chemises blanches parfaites, son impeccable connaissance des codes et son plaisir enfantin de tout foutre en l'air, ses foulards en soie, ses bottines pointues, l'économie prodigieuse de son être, un minimum de moyens pour un maximum d'effets, rien qui dépasse ou qui dérange, pas un mot de trop ou de travers, son élégance corsetée, pour tout dire un peu suspecte.

Portée par mon mythe fondateur tout neuf, je lui pardonnais tout. Et il le savait. Le jour de l'été, il n'y avait que des hommes qui aimaient les hommes. Et lui, si gracieux, qui fumait dans son coin. Je l'ai observé de loin. J'ai attendu le moment opportun pour saisir mon kairos à mains nues. Intimidée par sa beauté. J'ai pensé Ohlala, L'Avion de chasse. À la troisième coupe de champagne, j'ai dit Il faudrait que les hétéros mettent un badge. Il a mis ses lunettes de soleil à sa boutonnière en souriant.

On s'est embrassés, on a dansé comme des fous, les mecs mataient jaloux, mains partout, on s'est fait virer, on a changé de fête en riant, on a chahuté sur un canapé, mains partout, on s'est encore fait virer, il avait faim, j'avais de la rhubarbe dans mon frigo mais la flemme de faire une compote, il a dit Tu es infernale, je l'ai pris par la main puis par le sexe jusque dans mon lit, il a dit Oh mon Dieu, c'est doux, c'est tellement doux, on s'est endormis. Il m'a réveillée en m'embrassant la bouche, le jour se levait derrière les arbres, il m'a prise dans ses bras et m'a posée sur le bar de la cuisine, le cul contre le bois, regardée de bas en haut pendant qu'il se rhabillait, assis sur le plancher, je l'ai raccompagné toute nue à la porte, il a reculé en souriant, marche arrière au ralenti sur le tapis rouge du long couloir, sans me quitter des yeux.

Très vite, j'ai compris qu'il ne donnerait jamais rien, il se contenterait d'être mon cavalier en fin de nuit, se laissant aimer de loin, comme une putain d'allumeuse, d'étreinte réservée en rendez-vous manqué, entretenant le feu par l'image, comme si la séduction lui suffisait, l'emportait sur le sexe tapissé de peau. Son couple était une petite entreprise florissante lui laissant le loisir de désirer ailleurs, ça pouvait durer longtemps, une longue fête entrecoupée de vacances scolaires. Je me suis dit Pourquoi pas, mais pas seulement, j'ai pris d'autres amants.

Le jour de l'été, son livre était posé sur ma table de nuit, je l'ai remarqué après, je l'avais lu avant de coucher avec lui. Son livre lui ressemblait, poignant et bref, à la mémoire de sa mère, son deuil intense et digne m'avait accompagnée pendant mes saisons blanches, avant même de le rencontrer. J'ai pensé que je faisais le deuil de ma mère de son vivant. Je portais une petite mort en niant son existence pour ne plus souffrir de son indifférence. Je rêvais de Reine la nuit et me réveillais harassée. Le jour, je l'oubliais comme j'oubliais mon fiancé, dans les pages des livres, les bras des hommes, le temps qui passe. Nos vies s'éloignaient de jour en jour jusqu'à nous perdre de vue, comme des inconnues. Depuis ma dépression, je ne lui parlais plus. Je lui en voulais de n'avoir rien compris, d'avoir oublié qu'on redevient, dans ces moments noirs, un enfant qui a besoin de ses parents. Elle ne prenait pas de mes nouvelles et refusait de me voir aux fêtes de famille où je n'étais plus conviée. Je recevais un texto pour le nouvel an et pour mon anniversaire. Un jour, je n'ai plus rien reçu.

J'attirais les hommes mariés comme un aimant et ne m'expliquais pas cette anomalie. On se reconnaissait ravis, affamés en fin de nuit, on oubliait le lendemain et le surlendemain dans la joie de la première fois et on recommençait. Le lamento de la nymphe abandonnée s'éloignait enfin à la faveur d'une meute d'amants mariés. Les histoires successives devenaient simultanées avec l'avantage inouï de ne plus vivre à la merci d'une vibration téléphonique. Les déceptions ne duraient pas. Les séparations s'enchaînaient heureusement avec les retrouvailles. Les annulations croisaient les invitations. Les tempéraments contraires s'accordaient à merveille, dissipant tension et lassitude, la générosité de l'un compensant la radinerie de l'autre, le charisme de l'autre ravivant la discrétion de l'un, la vitalité de l'un rattrapant le côté casanier de l'autre et réciproquement, créant une fluidité paradoxale, fragile mais durable. Il faut porter au moins trois parfums pour continuer à les sentir tous les trois en déjouant l'accoutumance du cerveau. Pareil pour les amants, la magie opère à partir de trois, antidote aux poisons de l'attente et l'obsession. J'avais le sentiment d'être fidèle à des hommes qui ne l'étaient pas. Je ne pleurais plus. Je ne manquais de rien. J'étais célibataire et pleine d'entrain. On a le droit de tout avoir, surtout toi, m'avait dit un homme, un jour et pour la première fois, j'arrivais à aimer, travailler, voir mes amis, lire, écrire, dormir, faire la fête en même temps. Je découvrais le plaisir d'être plusieurs. Les amours plusieurs et l'amour à plusieurs. L'amour, le vrai, attendrait. Le temps de conjurer ce qui fait trop mal. Le drame de Reine l'avait emporté sur le mythe fondateur de Rose et je préférais être une fille de joie qu'une femme bafouée.

J'ai revu Reine, un jour d'automne, au mariage de mon cousin. J'attendais les futurs mariés, seule au soleil, sur les marches de la mairie, adossée à une colonne. J'ai vu Reine arriver de loin, hésiter, ne pas venir vers moi. Je n'ai pas bougé. En pleine cérémonie, au moment de l'échange des consentements, elle a éclaté en sanglots. Incapable de se réjouir du bonheur de son neveu, elle pleurait encore son mariage ruiné, quinze ans après. On s'est précipité pour la consoler, elle est sortie de la mairie en larmes et lunettes noires, je n'ai pas bougé. Après la cérémonie, elle a raconté qu'elle pleurait à cause de moi, je n'étais même pas venue lui dire bonjour, j'étais un monstre.

Je me suis demandé depuis combien de temps Reine me faisait passer pour un monstre, y compris à mes propres yeux. Toute petite, déjà, j'étais la méchante. Têtue, boudeuse, insolente, que sais-je encore, souple comme un tube de néon, déplorait ma mère.

Je la revois trônant au salon avec ses amies, je buvais mon chocolat avec leurs histoires, mon frère jouait dans sa chambre, quand Reine s'est tournée vers moi contrariée : Ton frère m'a dit Moi je l'aime, ma sœur, mais elle, je crois qu'elle ne m'aime pas, sois gentille, va l'embrasser et dis-lui que tu l'aimes, le pauvre, il était tout triste. Le chœur des femmes a renchéri, se pâmant de tendresse pour mon petit frère et me cernant de regards réprobateurs. Petit cœur, mais quelle chipie ! comment une si jolie petite fille pouvait avoir un si sale caractère ? si tu n'es pas plus mignonne, un jour, il sera plus grand et fort que toi et il se vengera. Je suis restée assise sur l'épais tapis crème, le visage plongé dans mon chocolat. Reine a insisté, redoublant de sévérité, en pleine représentation de sa souveraineté. Je me suis levée à contrecœur, sans savoir à qui j'en voulais le plus, à ma mère intrusive et indiscrète, à mon frère rapporteur, aux dindes dérisoires, à moi qui bredouillais pleine de honte, Pourquoi t'as dit ça ? bien sûr que je t'aime, voyons. Et le soupçon s'est insinué profondément dans mon cœur d'enfant : peut-être que Reine avait raison et si j'étais méchante ?

Je rêvais de Reine toutes les nuits et cette régression me rendait dingue. Je voulais grandir enfin, sans ma mère, seule et tranquille. Après des années d'analyse avec un homme, censé mieux comprendre mon problème avec les hommes, j'ai pensé qu'il me fallait une grande dame pour faire le deuil de ma mère. On m'a recommandé une spécialiste qui avait fait son analyse avec Lacan, la première femme chef de service d'un célèbre centre hospitalier, j'ai pris rendez-vous. Elle m'a reçue chez elle en chaussons et robe de chambre dans une horrible odeur de poisson pané. Affalée dans un fauteuil, les pieds croisés sur un pouf. Un rideau de cheveux raides voilant son visage où perçait un regard frontal. J'ai parlé des hommes qui m'occupaient alors. À chaque récit, elle m'arrêtait pour me demander leurs nom et prénom qu'elle gougueulisait sur son téléphone, cliquant sur leurs photos et commentait, Ah lui, je le connais, il a baisé une de mes patientes, méfiez-vous, c'est un coureur. Lui, c'est un voisin, je l'ai croisé au café d'en bas avec sa chapka. Lui, c'est un fou, ça se voit. J'ai demandé à quoi on pouvait reconnaître un fou sur une photo. Mademoiselle, c'est un métier, m'a coupée la grande dame, j'ai travaillé quarante ans avec des fous, je peux vous dire que cet homme est fou comme un lapin, que faites-vous avec un fou ?

J'avais voulu échapper aux malédictions de mauvaise fée et je me retrouvais sadisée par une sorcière, me criblant de flèches empoisonnées, d'autant plus toxiques qu'elles visaient vrai. Votre mère est folle donc vous aimez les fous, c'est banal mais fatal. À force de soupçonner un homme d'être infidèle, il finit par l'être. La peur de l'abandon provoque l'abandon, ce n'est pas moi qui le dis, c'est une leçon de la vie. Si vous vouliez vraiment un enfant, vous seriez mère depuis longtemps. Inutile de me contredire, votre sexualité le prouve. Vous pratiquez la sodomie ? Vous ne voulez pas d'enfant. Vous n'êtes pas séparée de votre mère, même si vous ne lui parlez plus depuis des années. À votre âge, vous devriez avoir fait la paix avec vos vieux et pouvoir en parler calmement. Vous avez raté votre psychanalyse. Prise de nausée, j'ai payé la voyante et je suis partie en courant.

Je suis rentrée à pied pour me calmer, j'ai longé le Jardin des Plantes et j'ai eu envie de voir le ginkgo biloba. Il était là, majestueux dans la lumière, un tapis d'or à ses pieds, j'ai ramassé un éventail éclatant et j'ai fait un vœu. L'horrible odeur de poisson pané se dissipait peu à peu. J'ai salué les kangourous, le couple de pandas roux avait eu deux petits, je les ai félicités, j'ai pris une bière à la buvette et je me suis assise sur un banc, face aux flamants roses, un enfant m'a souri, je suis sortie du jardin plus légère, j'ai traversé la Seine et repensé à un rare moment de vérité avec ma mère. Reine, après un déjeuner avec Rose, m'avait raccompagnée en voiture au métro le plus proche. Elle s'est garée en double file et je ne sais plus pourquoi j'ai dit que je pensais être stérile, par provocation ou conjuration, je n'étais jamais tombée enceinte malgré mes imprudences répétées, peut-être que ça n'arriverait jamais. Ne dis pas ça, m'a interrompue Reine, bafouillant à bout de souffle, moi j'étais plus que fertile et tu dois être comme moi, ne joue pas avec ça. Et elle s'est mise à pleurer. Après ton frère, je suis tombée enceinte avec un stérilet, ton père m'a forcée à avorter, moi j'aurais aimé le garder, j'adorais les bébés, il n'était même pas là le jour de l'intervention, c'est mon père qui m'a accompagnée à la clinique, alors tu imagines le choc quand j'ai appris que sa pute était enceinte.

C'était donc ça, la vraie raison de son ressentiment. J'ai pris le métro sous le choc et j'en ai parlé à mon père quand nous avons dîné au Procope peu de temps après. Pourquoi avoir fait deux enfants sur le tard s'il ne voulait pas de troisième enfant ? Ça n'a rien à voir, ta mère réécrit l'histoire, m'a dit mon père avec sa voix de médecin. Il y a un risque important de grossesse extra-utérine avec un stérilet, c'était plus prudent d'avorter, voilà tout. J'ai fini mon cognac en silence, sans savoir qui croire.

Reine exigeait la vérité mais s'arrangeait avec la sienne. À l'âge ingrat, impatiente d'avoir un corps, je me désolais d'avoir les seins de mon père et le cul de ma mère, ne sachant pas encore que j'avais hérité des couilles de ma grand-mère. Ayant reçu les mêmes attributs en partage, Rose me rassurait sur mon sort en rigolant, Ça va avec tout, les p'tits seins, de quoi tu te plains ? tu peux tout te permettre, libre et légère, les p'tites robes près du corps à fines bretelles et les grands décolletés, les déshabillés, les dos nus et les chemises ouvertes, sans soutien-gorge et sans faire vulgaire, les hommes peuvent te regarder dans les yeux, crois-moi, c'est aussi confort que sexy, pour courir, dormir sur le ventre, oser être soi, plus tard, tu aimeras tes p'tits seins, tu verras, pour rien au monde tu ne voudras les échanger contre des plus gros.

Oui mais pourquoi Reine avait des gros seins, faisant un gros doigt à l'hérédité exprès pour m'emmerder ? En y regardant de plus près, sur les photos de mon enfance, elle avait des petits seins comme Rose et moi. Pourquoi ? elle m'a répondu que ses seins avaient grossi avec ses grossesses. Sauf que j'étais là sur la plage, avec mes grosses joues, ma charlotte et ma culotte bouffante, collée aux petits seins irréfutables de Reine. Quelque chose clochait, mais quoi ? J'ai musclé ma mémoire pour me souvenir. Un jour, ma mère est revenue de la clinique en disant qu'elle s'était fait opérer de kystes aux seins. Je la revois dans sa chambre, entourée de soins, veillant à bien refermer son peignoir. Pendant des années, j'ai cru qu'elle me cachait un cancer du sein et le précisais aux médecins me demandant si j'avais des antécédents.

Une autre scène irradie la mémoire, dans une maison avec piscine chez un couple d'amis de mes parents. La maîtresse de maison avait fait médecine avec mon père avant de se marier avec un chirurgien esthétique. À la fin du dîner arrosé, Reine a tendu ses seins, débordant d'un bustier mordoré, comme une coupe offerte, en direction du chirurgien qui laissa échapper un sifflement satisfait. Mon père n'a pas moufté. La femme du chirurgien venait de se faire lifter par son mari. Je me souviens de l'excitation de sa voix et la convoitise de ses amies quand elle a dit, sans prononcer le mot, Ça y est, je l'ai fait ! je me suis toujours dit que je sauterais le pas le jour où le maquillage ne suffirait plus. Le mystère des gros seins de ma mère était un mensonge. Elle a fini par m'avouer qu'elle s'était fait *améliorer* les seins après ses grossesses.

Je ne me souviens plus si c'est cette nuit-là, après ce dîner arrosé en région parisienne, que nous avons eu un accident de voiture sur le périphérique. Mon père avait dû s'endormir une seconde au volant, la voiture a fait un tonneau avant de retomber sur ses roues, ma mère a hurlé LES ENFANTS LES ENFANTS, mon frère et moi n'étions pas attachés à l'arrière, j'ai gueulé ÇA VA ÇA VA en pensant TA GUEULE, projetée contre le siège avant, plus effrayée par les hurlements de Reine que par l'accident. Mon père a redémarré et nous sommes rentrés dormir à la maison, sains et saufs.

Un autre secret souverain a empoisonné mon adolescence. Le mythe fondateur de Rose après-guerre, l'amour d'une vie, l'homme de sa vie, s'accordait avec la virginité avant le mariage mais comment Reine, enfant de la liberté sexuelle qui avait quinze ans en 1968, pouvait imposer à sa fille cette valeur anachronique et se prétendre gardienne de mon corps ? Rose, si fine et si sage, sachant que la contrainte serait sans effet sur sa petite-fille du feu, avait émis l'hypothèse désirable d'attendre celui qui me correspondrait vraiment au lieu de me disperser avec n'importe qui. L'abstinence, oubliait Rose, est l'ennemi de l'adolescence qui donnerait n'importe quoi pour vivre au lieu de rêver. Je voulais précisément coucher avec n'importe qui pour ne pas finir comme ma mère et j'étais bien décidée à choper le premier venu qui voudrait bien me débarrasser de mon statut de petite chose fragile. Reine a tout de suite flairé mon énorme envie et mis au point un système de surveillance visant à préserver mon intégrité physique. Au même moment, au collège, on apprenait à enfiler un préservatif en cours de SVT et le décalage me sautait au visage avec une violence vivace. N'écoutant que sa peur et sa fibre tyrannique, éviter le pire et interdire le possible, elle m'a obligée à prendre la pilule avant de m'enfermer dans ma chambre. Du jour où je suis rentrée avec mon ordonnance censée signer ma liberté, je n'avais plus le droit de sortir le soir. L'emprise de Reine s'est resserrée, me rendant la vie invivable, déchirée entre ses injonctions contradictoires. Comme s'il suffisait de surveiller, menacer, interdire et punir pour que ça n'arrive pas ou le plus tard possible, quand enfin elle serait prête à accepter que sa fille devienne une femme. Du haut de sa monarchie abusive, elle seule pouvait décider du bon moment, droit du sexe et droit du sang, quand je serais assez grande pour, exhiber ma féminité, mettre des tampons, voir un film érotique, coucher et découcher. Il était temps de déguerpir.

Un jour, désireuse de comprendre ce qui la concernait si fort dans cette affaire, j'ai demandé à Reine si elle était vierge pour sa nuit de noces. Elle a refusé de me répondre. Pendant des années, j'ai essayé d'avoir des moments de vérité avec ma mère : pourquoi m'avoir harcelée durant mon adolescence au risque de me rendre dingue de désespoir ? À chaque fois, elle se braquait et restait sur la défensive. Ah non, tu ne vas pas recommencer à m'accabler de reproches ! pourquoi ressasser toujours les mêmes histoires ? Elle finirait par ne plus me voir si je continuais à la tourmenter avec mes accusations. C'était du passé. Elle avait fait ce qu'elle avait pu. C'était compliqué, l'éducation, un travail à plein temps, je n'avais pas idée. Et on ne pouvait pas dire que mon père l'avait aidée à partager l'autorité, trop occupé à la tromper pendant ses pseudo-séminaires. On verrait bien comment je m'en sortirais, plus tard, avec mes enfants. Si j'insistais, elle se mettait à pleurer. Jamais elle n'a dit Écoute, je regrette, je ne savais pas que tu étais si triste, tu étais si bonne élève, j'ai eu peur que tu dérapes, j'ai eu tort, j'aurais dû te faire confiance. Je n'attendais pas tant des excuses que la reconnaissance d'une souffrance qui aurait pu mal finir et qui faisait peut-être que je n'avais pas d'enfant.

À treize ans, je pleurais tous les jours dans la cour. J'attendais mon corps qui n'était pas pressé de me rencontrer et mon intelligence ne m'était d'aucun secours. J'inscrivais sur ma table de classe les initiales du mec qui me plaisait sans me voir dans un cœur au tipex. Je séchais la cantine pour me réfugier dans la loge d'une pionne que je retrouvais après les cours pour marcher dans Paris, avant que Reine ne mette fin à cette amitié amoureuse qui me sauvait la vie. Elle avait vingt-deux ans, une voix grave et chaude, une mère amazone, un père inconnu, un chat hilarant, une cousine de mon âge, des cheveux courts châtains qui retombaient régulièrement sur son visage qu'elle dégageait d'un coup en renversant la tête en arrière, sans minauder ni tripoter ses mèches comme faisaient les autres filles, des gros seins sous des chemises ouvertes. Elle parlait russe et vénérait Alf, l'extraterrestre adorable, *tes paupières sont lourdes, tu n'es plus un chat, mais une madeleine*. Elle venait de rater Sciences Po et de se faire larguer. Je ne sais pas bien pourquoi elle s'intéressait à une gamine mal dans sa peau mais on se marrait bien. Je me souviens encore qu'elle travaillait le mardi et le vendredi et la perspective de ces deux journées suffisait à supporter le reste de la semaine au collège. J'étais amoureuse comme on peut l'être à treize ans, un mélange d'admiration et d'excitation qui passait essentiellement par la parole.

Pour qui Reine avait peur ? pour elle ou pour moi ? Je me revois toute petite dans l'autobus avec une cagoule qui gratte. Je fixe les gens droit dans les yeux, je m'amuse à les mater avec insistance jusqu'à ce qu'ils baissent les yeux, froncent les sourcils, se raclent la gorge, je guette leur réaction en retenant mon souffle. Reine s'en aperçoit et m'engueule. Ne fais pas ça !

Pourquoi ? Ça ne se fait pas. Je lis dans ses yeux que c'est dangereux.

Au même moment, j'accompagne mon père à la piscine le dimanche matin, je suis trop petite pour aller seule aux vestiaires des filles alors il m'emmène avec lui chez les hommes. Il se déshabille devant son casier sans passer par une cabine et m'incite à en faire autant. Il m'apprend à plonger dans le grand bain. Il plonge depuis le plus haut plongeoir, après avoir rebondi plusieurs fois dans un fracas épouvantable, en éclaboussant tout le monde. Un dernier saut dans le petit bain, plus chaud que le grand et je me précipite sous la douche brûlante, les lèvres violettes, je guette la chute des slips de bain dans la mousse, il met du shampoing dans ma main et me laisse me laver seule le corps et les cheveux, il ferme les yeux sous la douche, quand il les rouvre, il me découvre fascinée dans la même position, le shampoing coule de ma paume ouverte, je mate les sexes des mecs sous la douche, comme si on ne me voyait pas, mon père s'excuse en riant, Désolé, ma fille est en pleine période métaphysique !

Longtemps j'ai été exaspérée par l'émotivité de ma mère qui jurait avec la désinvolture de mon père en étant raccord avec ses colères. Le lacanien laconique fréquenté pendant douze ans m'avait dit un jour : Comment ressentez-vous sa voix ? J'avais répondu à côté, prise de court, au sortir d'un soupir agacé. Bien sûr que je ne supportais pas la voix suraiguë de ma mère, seule capable d'allumer mon système nerveux, où voulait-il en venir, pour une fois qu'il parlait ? Mais j'y ai repensé souvent après la séance. Quelles vacances ! quand je m'étais retrouvée seule loin de sa voix de harpie. Ça suffit ! Raccroche le téléphone ! Sors du bain ! Éteins la télé ! Moins fort, la musique ! Ne claque pas les portes ! Débarrasse la table ! Va te coucher ! J'en ai marre de tout faire toute seule dans cette maison ! alors qu'elle était assistée pour tout. La voix de Reine et sa respiration reflétaient ses émotions et je m'étais entraînée à les mettre à distance pour préserver une zone de calme intérieur. Je me souviens de son discours, le souffle court, devant le cercueil de son père. Du sentiment violent qui m'avait étreint quand elle s'est précipitée sur moi MA CHÉRIE MA CHÉRIE en sanglotant alors que je voulais me recueillir seule devant le lit de mort de mon grand-père.

Rose m'avait raconté qu'elle avait accompagné Reine à l'oral de je ne sais plus quel examen ou concours, elle avait insisté pour parler à l'examinateur à qui elle avait dit en substance Ma fille est très capable mais très sensible, s'il vous plaît, soyez gentil, mettez-la en confiance pour qu'elle ne perde pas ses moyens. Et j'avais simultanément ressenti de la honte et de la tendresse.

J'ai longtemps culpabilisé d'en vouloir à ma mère alors qu'elle avait tellement souffert. Je m'en suis longtemps voulu d'être une mauvaise fille, incapable d'aimer *suffisamment* ma mère, parce qu'elle était ma mère et m'avait amenée jusque-là. Je ne serais pas qui je suis sans elle, même si (parce que) je m'étais construite contre elle. Contre sa féminité outrancière, sa misogynie inquiète, sa logique de territoire, son désir démesuré de séduire, sa peur de déplaire, son obsession de sauver les apparences, sa hantise de vieillir. Je sais bien que ma mère m'a aimée, les hommes que j'ai aimés ne pouvaient pas en dire autant, mais je ne me remets pas des ravages de son amour déréglé. J'ai beau le savoir, ça ne change rien à cette putain de passion triste qui crie SAUVE QUI PEUT dès que je suis en sa présence. Je comprends le désespoir de Reine, comprend-elle bien le mien ? Si je me mets trop longtemps à la place de ma mère, j'ai peur d'y rester et d'en crever.

Je sortais de chez Rose qui délirait quand elle ne dormait pas et m'avait malgré tout demandé des nouvelles de mon père qu'elle n'avait pas revu depuis l'enterrement de son mari, dix-huit ans plus tôt. Et ton père ? jamais il vient me voir, le chameau ? Je marchais rue du Sahel sous une petite pluie fine en pensant que ça pouvait difficilement être pire quand mon père m'a appris qu'il était gravement malade. Je l'entendais mal au téléphone, j'ai cru mal comprendre. Il a prononcé le mot leucémie avec une voix que je ne lui connaissais pas. En l'écrivant, six ans plus tard, je n'y crois toujours pas. L'hématologue m'a expliqué que le choc ressenti à l'annonce de la maladie équivalait à se faire renverser par un camion. C'est l'image qui revenait dans les récits des rares malades qui s'en étaient sortis. Vous savez, Mademoiselle, un médecin malade, c'est compliqué. Il sait précisément ce qu'il a et ce qu'il risque. On a beau lui dire que la recherche a progressé, les traitements énormément évolué depuis l'époque où il exerçait, il ne nous croit pas, hoche la tête en souriant : C'est ce que je disais à mes patients.

Ce n'était pas la peine d'en parler à Reine, il préférait qu'elle reste en dehors de ça. J'ai prévenu mon frère qui a jugé que sa mère avait le droit de savoir et peut-être espéré un sursaut de quelque chose, au lieu de quoi elle a osé, Oui, enfin si c'est vrai. Le lendemain, lundi de Pâques, il commençait la chimiothérapie et était transfusé en urgence en soins intensifs. Je n'oublierai jamais le jour où mon père m'a accueillie en pleurs dans sa chambre surchauffée à l'hôpital. Avant d'entrer, il fallait se laver les mains plusieurs fois, enfiler une blouse, une surblouse, un masque, des gants, une charlotte, des surchaussures. Les seuls contacts avec son corps passaient par les yeux. Il m'a dit Assieds-toi d'une voix tremblante. Il venait d'avoir ma mère au téléphone. Son premier coup de fil de la journée. Elle lui a réclamé son chèque sans un mot gentil. Il lui a expliqué qu'il était parti aux urgences sans son chéquier, qu'il ne pouvait pas toucher du papier en chambre stérile, ça attendrait. Un blanc au bout du fil. Bon alors, on fait comment ? le mois prochain, tu m'envoies deux chèques ? J'ai consolé comme j'ai pu mon père qui répétait incrédule Elle s'en fout que je crève.

Quinze ans après le divorce de mes parents, mon père se trouvait entre la vie et la mort et ma mère ne ressentait rien, ni pour ses enfants dévastés, ni pour celui qui avait été l'amour de sa vie, son mari pendant vingt-quatre ans et qui restait le père de ses enfants, le cœur gelé. Je ne pouvais plus rien pour elle, trop loin dans son délire, cette fois, c'était trop pour moi. L'histoire s'arrêtait là. Avec la mort sentimentale de ma mère. Dans une chambre stérile hermétiquement fermée au printemps. Manquant de mots pour réconforter mon père qui ne reverrait jamais la mer, alors que ma mère impassible s'inquiétait pour son argent. Reine avait tué l'homme de sa vie dans son cœur, il était déjà mort pour elle depuis longtemps. Qu'il puisse mourir d'un moment à l'autre ne changeait rien à sa réalité, ne l'atteignait même pas, elle l'entendait sans y croire, il lui aurait tout fait. Peut-être qu'elle n'avait pas cessé de l'aimer, sinon elle aurait fini par lui pardonner, mais elle avait voulu sa mort. Qu'il soit lui aussi abandonné. Qu'il souffre de solitude à en crever. Elle avait œuvré à ce qu'il soit condamné par ses proches en plus de la justice pour son inconduite monstrueuse.

Quand ils étaient en instance de divorce, Reine a demandé à sa belle-sœur de témoigner contre son frère et s'est indignée de son refus. Son beau-père, lassé de l'entendre dire du mal de son fils, l'avait prise à part, S'il est parti, c'est que vous n'avez pas su le garder.

Elle ne l'a plus jamais revu. Il a perdu en divorçant tous ses amis sauf un, sa belle-famille qu'il adorait et le vivait comme une pénitence. Elle l'a isolé sans mal de tous leurs liens communs. C'est elle qui gérait la sociabilité du couple, lançait les invitations, y répondait, organisait les vacances, appelait familles et amis pour prendre des nouvelles. Je me souviens du jour où nous avons appris la mort accidentelle du fils d'une amie de mes parents, du ton pointu de Reine sifflant entre ses dents, Je ne veux pas que ton père le sache ! Mon père ne savait pas entretenir ses relations mais souffrait de la solitude. Il ne supportait pas de manger seul. S'il était seul, il ne mangeait pas. Il ne comprenait pas comment je pouvais vivre seule et encore moins comment je pouvais aimer ça. Quand il était de passage à Paris, au début de son exil en région, il préférait dormir dans mon petit appartement qu'il trouvait vétuste, plutôt que dormir seul à l'hôtel. Banni par Reine pour l'éternité, il s'est retrouvé esseulé malgré son remariage et ses enfants en bas âge. Rien ne suffirait jamais à venger Reine, pas même l'argent qu'elle continuerait à compter au centime près, réclamant à ses enfants, quand viendrait la succession, l'argent non versé pendant la maladie de leur père. J'avais beau être surentraînée à supporter l'insupportable, Reine avait franchi un seuil infranchissable qui me laissait sans voix, au-delà du dégoût. Même les animaux éprouvent de la pitié. J'ai pensé à Rocco, cherchant partout sa petite siamoise sous perfusion avec des miaulements déchirants. À force de rancœur, Reine avait réussi à défigurer son amour, détruire ses souvenirs au lieu de les chérir. Avant qu'ils soient volés dans un cambriolage, j'ai longtemps porté les bijoux de fiançailles que mon père a offerts à ma mère avec ses premières payes et dont elle a préféré se débarrasser quand ils ont divorcé, la flèche de Cupidon, une chaîne en or avec un minuscule diamant dans un cube de verre cerclé d'or, un bracelet ouvert en or souple orné de deux têtes de bélier. À la fin de leur mariage, il ne portait plus son alliance devenue trop petite mais ne pouvait se résoudre à la faire agrandir, au risque d'effacer les deux petits cœurs entrelacés gravés à l'intérieur. Il avait refait sa vie sans renier son amour. Reine l'avait supprimé de sa vie sans refaire la sienne, retirant des albums les photos de mon père. Soudain plus rien n'a importé que sa survie. Derrière la solitude abyssale, quelque chose a crevé la colère et le chagrin. Un soupçon d'allègement. Le monstre, c'était elle.

Je le croyais invulnérable.

Les mois qui ont suivi l'annonce de sa maladie, ce dimanche après-midi de Pâques sous une petite pluie fine, jusqu'à ce vendredi matin de septembre trop beau pour être le dernier, la vie s'est précipitée dans un sentiment d'urgence généralisée. La joie sur son visage quand je lui ai apporté à l'hôpital un exemplaire vintage du Génie des alpages, *Barre-toi de mon herbe.* Sa lutte contre la maladie en s'y intéressant de près, pour une fois sans se plaindre, je n'en revenais pas, lui qui, quelques semaines auparavant, m'appelait pour me dire C'est moi, ça va toi ? moi ça va pas fort, mezzo forme, chais pas, j'ai pas le moral, avait une bonne voix au téléphone, plaisantait avec les infirmières, abordait les protocoles de soin avec confiance et curiosité, comme des expériences ou des projets, sans anticiper le pire, se réjouissait des premières victoires contre la maladie. Son ton plein d'entrain quand il me voyait arriver, *Hello ! how are you today ?* Son impatience quand il a commencé à perdre ses cheveux par poignées sur son oreiller, demandant qu'on lui rase la tête sans tarder. Son grand sourire la première fois que je l'ai vu chauve, alors que j'appréhendais le sacrifice de sa crinière, la même que la mienne, dont il était si fier, T'as vu ma nouvelle coupe ? Son sursaut de surprise quand il m'a vue débarquer dans son salon à l'improviste pour célébrer sa rémission, Qu'est-ce que tu fous là ? Sa mauvaise humeur à son retour chez lui, miné par l'ennui, ne supportant pas de se sentir diminué devant sa femme et ses enfants. Ses journées entières étendu sur le canapé devant la télé avec le chat qui n'avait plus le droit de se coucher sur son ventre mais posait une patte sur ses genoux. Son embarras comme une pudeur soudaine, lui qui avant sa maladie semblait n'avoir ni honte ni peur de rien, quand je venais m'asseoir près de lui, il me regardait sans rien dire et je ne savais pas s'il avait envie de compagnie ou s'il préférait rester seul. Son regard poignant quand je lui ai demandé s'il ne préférait pas que je reste avec lui au lieu d'aller au cinéma, Mais non, voyons, vas-y, je vais pas m'envoler ! Son silence intense les rares fois où il venait me retrouver sur un transat au soleil au bord de la piscine, un bonnet sur la tête et un café serré au bout des doigts, dans la petite tasse aux ailes orange que je lui avais offerte pour Noël, il avait souri, La tasse de l'ange, c'est tout moi. Sa tendresse pour les écureuils qui venaient boire la nuit l'eau de la piscine et finissaient les restes comme un bon chien. Ses crises de nerfs célèbres contre les objets, l'arrosage automatique qui l'arrosait exprès en se déclenchant pile au mauvais moment ou le robot nettoyeur de piscine qui le narguait en plantant au milieu du bassin sans finir son job. Son soupir déçu quand il me raccompagnait à la gare, T'aurais pu rester plus longtemps. Son flegme inhabituel quand il m'a dit qu'il préférait ne pas emmerder son père avec sa maladie. S'il savait que son père était mort, cinq ans après lui, sans savoir que son fils était mort. Son espoir quand il a appris que son frère était compatible pour une greffe. Son excitation quand il me parlait de son projet d'enseigner la pharmacologie à Paris à la rentrée de septembre, le mois où il est mort, La retraite, c'est pas pour moi ! Sa rechute au milieu de l'été alors que je le croyais sauvé. Son mutisme à distance, laissant appels et messages en absence, comme si à ce stade de la maladie, parler était au-dessus de ses forces. Sa fièvre suspecte, trempant ses draps et ses vêtements, retombant avec l'aspirine en surdose et remontant, ruinant jour après jour sa résistance et son espérance. Sa colère nucléaire quand je lui ai demandé pourquoi la fièvre ne baissait pas, J'en sais rien, je peux pas répondre à tes questions ! lui suggérant des antidépresseurs, Tu comprends rien à rien, je suis pas déprimé, j'en peux plus de cette putain de fièvre ! La jubilation de sa femme ricanant cruellement qu'il ne voulait plus me voir, Dis donc, je sais pas ce que t'as dit à ton père, mais il est drôleument en colère contreu toi ! en tout cas, il veut plus te voir, je lui ai dit, quand même, c'est ta fille, elle est venue exprès de Paris pour te voir, rien à faire, tu connais ton père, quand il est en colère. Son déni sans hésiter le lendemain, J'ai jamais dit ça. Son émotion quand je lui ai parlé pour la dernière fois, Tiens bon, hein, j'ai caressé sa main et pressé son bras, la gorge serrée, Promets-moi de ne pas me laisser sans nouvelles, si ça t'emmerde de parler, au moins un petit mot. Son air désemparé, suivi d'un soupir très doux, C'est pas ça, Lili, tu sais comme je suis.

Dans le train du retour, quelque chose a craqué dans ma conscience, je ne pouvais ni parler ni lire ni pleurer, la tête contre la vitre, je me suis laissée porter, abandonnée à la vitesse dans la lumière du soir, guettant les animaux dans le paysage, j'ai retrouvé une scène d'enfance, mon père me lisant *La Mort du loup* de Vigny ému aux larmes : *Il nous regarde encore, ensuite il se recouche, tout en léchant le sang répandu sur sa bouche, et, sans daigner savoir comment il a péri, refermant ses grands yeux, meurt sans jeter un cri.*

Pendant que mon père luttait contre la fièvre, je supportais tant bien que mal la bêtise de ma belle-mère. À force de se faire du mauvais sang, ton père a développé une leucémie. J'ai imaginé pour me détendre la colère de mon père s'il l'avait entendue. Plusieurs fois, pendant sa rémission, il s'était levé de table, l'écume aux lèvres, à défaut de pouvoir la faire taire. N'en pouvant plus de l'entendre détailler le contenu de son assiette. Dérouler des monologues d'un ton docte. Passion lavande ou melon. Arrosés d'un magnum de rosé. Dis donqueu, Jacques, compliments pour le melon, il est beaucoup plus parfumé que celui de la dernièreu fois ! Tu l'as trouvé où, le melon, dis, Jacques ? La lavandeu, c'est touteu la Provence ! Et si je repeignais le portail et les volets couleureu lavandeu, dis, Jacques ? ça serait joli, qu'est-ce t'en dis ? Il explosait. Si tu fais ça, j'arrache les volets ! Quand il s'est fait brutalement licencier, quelques années auparavant, elle a déclaré carrément C'est ton problèmeu, Jacques, moi, je ne veux plus travailler. Avant d'ajouter les yeux brillants, Maman, c'est le plus beau métier du monde !

Le pauvre, il était tombé amoureux d'une bombasse au bord d'une piscine à Ouarzazate et s'était retrouvé coincé avec une cagole en région PACA. Je n'ai jamais compris comment un homme aussi brillant avait pu se faire promener à ce point. Lors d'un congrès de cardiologie, une visiteuse médicale chope un médecin marié de quinze ans son aîné, lui fait un enfant dans le dos et se fait entretenir pour l'éternité. Qui signerait pour une romance pareille ? Lui qui se moquait des filles qui s'inscrivaient en médecine pour trouver un mari, s'était fait avoir comme un étudiant, qui assume sa connerie en reconnaissant l'enfant, mais la regrette amèrement une fois dissipées les bulles du ravissement amoureux. Un jour, il m'a annoncé d'une voix enjouée T'as raison, je vais vendre la maison. J'ai encore quelques belles années devant moi. Avant de se raviser, une fatigue triste dans la voix, Je peux pas, Lili, c'est trop tard. Un deuxième divorce, c'est au-dessus de mes forces. Entretemps, sa femme lui avait fait un chantage au suicide. Le médecin de famille avait appelé mon père en panique pour le prévenir que son épouse venait d'avaler une boîte de somnifères. Pour une fois, il est resté très calme : Écoutez, cher confrère, je suis pharmacologue, je peux vous assurer qu'elle ne dort pas et j'aimerais bien qu'elle dorme. Il se plaignait d'une étrange malédiction qui l'aurait empêché toute sa vie de concilier bonheur conjugal et professionnel. Quand il était heureux au travail, il était malheureux à la maison et inversement. Il a entrevu la levée du fatum à la fin de sa vie avec la dernière femme qu'il a aimée. Celle dont il disait avec des étoiles dans les yeux, Il suffit que je lui parle pour me sentir bien, avec qui il avait déposé un brevet, à qui il a adressé son dernier mail illisible, sauf Bisous Lili, celle qui a fait preuve d'une tendresse que n'a pas eue ma mère, Sans vous je n'aurais jamais su, vous allez avoir besoin de beaucoup de courage mais je sais que vous n'en manquez pas, je pense bien à vous et si vous en êtes d'accord, je vous embrasse (je crois que cette idée aurait plu à votre père), celle avec qui il aurait aimé refaire sa vie.

En voyant mon père ravagé par la maladie, j'étais traversée de pensée magique, à l'idée qu'il avait été rattrapé par ses passions tristes, *Comme je suis drôle, on me croit heureux,* la colère et la culpabilité détruisant ses défenses immunitaires, *Je pardonne, et je peux aller jusqu'à oublier les torts que l'on m'a faits, mais je pardonne difficilement qu'on ne me pardonne pas,* sa grande santé grignotée par un harcèlement incessant, avide de vengeance et d'argent, elles avaient eu sa peau.

Dans cette histoire d'amour à mort, Reine faisait figure de Lol V. Stein à l'envers. La nuit du bal, fascinée derrière les plantes vertes, regardant le couple danser, la robe noire de la femme à double fourreau de tulle lui ravissant son fiancé, Lol n'a pas souffert de son abandon exemplaire et cette souffrance non vécue l'a rendue folle. Reine au contraire a vécu une souffrance exemplaire, délirant à bas bruit et s'inventant des ennemis jusqu'à ne plus rien ressentir. Comme si un excès de douleur pouvait éteindre la sensibilité. Reine et Lol figées pour l'éternité dans leur indifférence glacée.

Mon frère m'a raconté que ma mère avait fini par appeler mon père, quelques jours avant sa mort. Je ne sais pas ce qu'elle lui a dit mais il lui a fait comprendre que c'était trop tard et lui a raccroché au nez.

Sa femme m'a prévenue trop tard et ne pouvait pas ne pas savoir que chaque jour comptait. Je ne sais pas s'il m'a reconnue. Il ne pouvait plus parler. Chaque mouvement semblait le faire souffrir. Il essayait sans cesse d'attraper la poignée suspendue au-dessus de sa tête et laissait retomber son bras sans force. Je n'osais pas l'aider à se redresser de peur de lui faire mal. Il pouvait à peine articuler J'ai soif et n'avait pas le droit de boire. Les médecins ont tenté un traitement de la dernière chance pour lui faire retrouver sa conscience. Un soir, ils ont annoncé qu'il ne se réveillerait pas. J'ai voulu lui dire au revoir seule à seul et j'ai demandé à sa femme de nous laisser. Elle a refusé. Mes sœurs l'ont suppliée. Elle est sortie. Rentrée peu après, prenant sa montre à témoin, Je t'ai laissée cinq minutes avec ton père. J'ai hurlé. Effondrée par terre dans le couloir, une infirmière m'a relevée, S'il vous plaît, Mademoiselle, vous ne pouvez pas rester là. Le taxi glissait en silence vers la maison de mon père, traversait un pont. La mer étincelait dans la lumière du soir et cette beauté m'était insupportable. Au réveil, il respirait encore. Je suis retournée le voir, prête à croire au miracle. Quelque chose d'impossible qui pourtant arrive. Un ami neurologue m'avait dit Je suis un vitaliste strict, tant qu'il y a de la vie, il y a de l'espoir. Il a cessé de respirer dans la nuit.

Le jour de l'enterrement, j'ai reçu un message de Reine, Je pense à toi en cette période difficile et suis désolée de ce qui vous arrive avec ton frère. J'ai répondu : Je suis orpheline.

Un matin de septembre, trop beau pour être triste, j'enterre mon père. Seule au monde en mousseline de soie noire mais portée par une vitalité paradoxale. J'accomplis chaque geste comme si je sauvais mon âme avec la sienne. Je ne veux pas le laisser partir seul sans beauté pour l'accompagner. La concession qui abrite sa tombe est à mon nom. J'ai dû insister pour que le prénom Paul soit gravé sur son cercueil à côté du prénom Jacques. J'ai retrouvé ses vieux amis et le rabbin américain qui l'a marié il y a trente-neuf ans. Il était à la retraite mais a accepté d'officier à la cérémonie. Sa belle voix grave, son humour ashkénaze me réchauffent le cœur. Selon le rituel, le corps est nu dans son linceul. L'idée qu'il repose en costume dans son cercueil me déplaît. Je me dis que c'est son dernier lit. J'ai peur qu'il ait froid.

Je me suis longtemps demandé si sa double vie avait été induite par ses deux prénoms. Quand il est né, ses parents n'ont pu s'entendre sur un prénom. Son père l'a déclaré

Jacques à la mairie. Sa mère l'a appelé Paul à la maison. Il portait donc deux prénoms, l'un pour l'administration et le monde du travail, l'autre pour la famille et les amis. Sa première femme l'a appelé Paul, sa maîtresse qui deviendra sa deuxième femme, Jacques, comme la dernière femme qu'il a aimée. Parfois, il se trompait de prénom entre sa femme, sa fille et sa maîtresse. Il avait fait sa Bar Mitzvah, s'était marié la première fois à la synagogue. Sa deuxième femme lui fêtait la Saint-Jacques et avait tenu à faire baptiser leur fille aînée. Il avait refusé pour la cadette. Je me souviens la première fois que j'ai entendu sa femme l'appeler Jacques au lieu de Paul. L'étrangeté de ce prénom qui faisait de mon père un inconnu.

Il racontait une histoire juive qui le réjouissait autant qu'elle mettait ma mère en rage. Mon frère et moi ne comprenions pas pourquoi. C'est l'histoire d'un vieux couple qui s'aime tendrement, Esther et Samuel, mariés depuis une éternité. Le samedi soir, à la fin du Shabbat, ils se font beaux pour aller à l'opéra, commandent un taxi, trinquent au champagne, *Lehaïm !* à la vie et s'installent très en avance à l'orchestre pour regarder les gens et commenter gentiment. Esther, chuchote Samuel à l'oreille de sa femme, regarde au premier rang, discrètement, je t'en prie, David et sa maîtresse. Mon Dieu ! David, il a une maîtresse ? Eh oui… Esther, regarde derrière nous, discrètement, je t'en prie, Simon et sa maîtresse. Mon Dieu ! Simon aussi, il a une maîtresse ? Eh oui… Esther, regarde au balcon, discrètement, je t'en prie, Jacob et sa maîtresse. Mon Dieu ! Jacob aussi, il a une maîtresse ? Eh oui… Esther, regarde la dame en rouge, dans la loge, discrètement, je t'en prie, c'est ma maîtresse. Esther se tait. Et dit, serrant le bras de son mari, Tu sais, chéri, la nôtre c'est la plus belle.

La belle voix grave s'élève dans le bleu du ciel, prononce les mots de toute beauté, les mains posées à plat sur le bois du cercueil. *Il y a un temps pour les caresses et un temps pour les larmes.* À la fin d'une vie, dit le rabbin, il ne reste que l'amour. Mon père parlait peu mais l'amour était là. Je l'entends vraiment pour la première fois.

Je pense à Rose qui ne parle plus que d'amour, s'absente de jour en jour et survit à mon père sans l'avoir revu. Je pense à Reine qui n'est même pas venue lui dire adieu. *Si j'étais Dieu, j'aurais pitié du cœur des hommes.*

L'ami prend la parole, évoque le bleu du ciel, le bleu si doux qui aurait plu à son ami. Mon père, dit-il, a mené sa vie *à sa façon*. Se fiant à son charme et à son intuition. Au-delà de sa carrière exemplaire, il avait su s'imposer par son humour et sa gentillesse dans un monde ultra-concurrentiel. Un jour, la tribu des amis, réunie au *Café des sports*, a voulu apprendre à jouer au golf, avec des succès divers. Mon père se fichait des conseils du moniteur, la technique ne l'intéressait pas. Il voulait faire *à sa façon*. Pourtant c'est lui qui mettait la balle dans le trou à tous les coups et c'est lui qui a continué à jouer plus tard.

Je pense à l'éléphant vert pomme à losanges blancs, mon jumeau légendaire qui veille tendrement sur moi depuis trente-cinq ans. La nuit de ma naissance, il était de garde à l'hôpital. L'infirmière de garde a passé la nuit à confectionner cet animal adorable et l'a offert à mon père, au petit matin, pour son bébé nouveau-né.

Sur une photographie peinte prise en Algérie, il sourit d'un air satisfait, les mains dans les poches, les yeux qui frisent, coiffé comme une petite fille qui pourrait être moi. On voit déjà, dans la décontraction de son corps, l'homme qu'il sera. De lui j'ai hérité la crinière bouclée, les longs doigts effilés, la bouche grande ouverte, prête à cracher du feu.

J'ai retrouvé une scène très ancienne, peut-être la première dont je me souvienne. Mon père au volant sur une route de montagne, son ami à ses côtés, je suis derrière lui sur mon siège-auto. Ils fument des cigarillos, fenêtres ouvertes, ils rigolent en chantant *C'est la vie qui.* La chanson revient par bribes *Chérie, j'y peux rien, c'est la vie* les doigts élancés de mon père battent la mesure sur le volant *c'est la vie qui nous mène dilinding diding qui nous traîne dilinding diding qui nous sème dilinding di je t'aime, tu m'aimes, on s'aime, c'est la vie qui.*

Je ne me souviens pas l'avoir entendu dire Papa. J'ai gardé ses derniers messages vocaux jusqu'à ce qu'ils s'effacent automatiquement, sans penser à les sauvegarder. Je les ai réécoutés, une fois, après sa mort, saisie d'un vertige familier, comme si je pouvais encore lui parler. C'est moi, Louloute, j'avais perdu mon téléphone, écoute, je comprends pas, j'ai récupéré mon téléphone, mais maintenant, j'arrive à joindre personne, ni toi, ni ton frère, bon, bref, gros bisous, rappelle-moi. Je n'ai pas pu effacer son numéro de mon téléphone. Il reste enregistré sous Dad et Reup. Quand je suis malade, j'ai encore le réflexe de l'appeler. Il n'a pas pu lire mon dernier message : Je suis dans le train. Je t'aime et pense fort à toi. T'embrasse.

Après l'enterrement, j'ai demandé à parler au médecin qui était de garde la nuit de sa mort. Elle m'a dit d'une voix douce Je suis tellement désolée, Mademoiselle, il n'a pas eu de chance, votre papa, maladie très rare, complications rarissimes, vraiment, je n'avais jamais vu ça, on a tout essayé, croyez-moi, il est allé plus vite que nous, votre papa, vous savez, la douleur, quand la douleur devient trop forte, le cerveau ne supporte pas, je suis désolée, Mademoiselle, pour votre papa.

Fille de médecin, j'en étais sûr ! s'écrie en s'étirant dans mon lit le dandy décadent. Pour t'en sortir en amour, il te faut un malade ou un super-héros. C'est ton jour de chance, p'tite fille, avec moi tu auras les deux à la fois. Mal réveillée d'un cauchemar, je traversais le réel dans un état second, éprise en toute logique d'un personnage de fiction. L'homme de la situation portait un nom de scène impossible, un perfecto et des slips rayés. À part ses parents, personne ne connaissait son nom ni son prénom de naissance. Il vivait dans un grenier ravissant aménagé en maison de poupée, tel Boucle d'Or chez les trois ours, en compagnie de guitares précieuses, vieux vinyles et beaux objets, smoking de cérémonie, cannes de combat, chapeaux et boots de cow-boy, écharpes soyeuses de toutes les couleurs, parfums animaux, biblio-baignoire, petit lit d'ourson célibataire blotti dans une alcôve. Volait pour se nourrir et buvait ce qu'il gagnait aux paris sportifs. Me conviait à une pétanque place Dauphine *en tenue s'il vous plaît* ou à un pique-nique fastueux au Luxembourg. Organisait des bals somptueux. Composait des chansons de toute beauté. Prononçait des phrases inouïes. Si j'avais des seins, j'aimerais qu'ils soient comme les tiens. J'ai envie de tellement de choses qui n'existent pas, tu as de la chance d'avoir envie d'un steak. Surgissait à mon anniversaire comme un prince aux yeux fous, coiffé d'un panama et m'offrant une pomme *Pink Lady* avec un sourire de grand carnivore. Retirait rarement ses lunettes fumées. Hérissait le poil des mâles dominants. Énervait les femelles. Flairait à des kilomètres celle qui lui serait inconditionnellement dévouée. Le vouvoiement était évidemment de rigueur. La sexualité sacrée. La discipline érotique militaire. Le passage au tutoiement soulignait un moment important.

Un jour, j'ai eu le malheur de lui ouvrir la porte en me brossant les dents et il m'a fusillée du regard, comme si j'avais offensé son imaginaire. Monsieur ne rigolait pas avec ses fantasmes. Il voulait du sublime sans interruption, sinon rien. Il avait construit patiemment son agencement de vie, introuvable ailleurs, ajusté à sa singularité. Comme un vieil enfant, déçu par les adultes, bricole passionnément son royaume, tout seul dans son coin, caressant un chat de l'espace aux moustaches ensanglantées, jouant avec des ruines à la recherche de l'inconnue nouveauté, sûr de son talent inimitable et tremblant de rater, ivre de sa toute-puissance et souffrant, rêvant à une tyrannie dont il serait le dictateur et le seul habitant. Quand j'étais petit, on me jetait des pierres parce que j'étais différent. Je n'ai jamais eu de poux, les autres enfants ne m'approchaient pas. Loin d'être effrayée par sa folie, j'étais impressionnée par son extravagance et fière de le fréquenter, dans la certitude de son exceptionnelle originalité. Tout ce qu'il avait fallu convertir de contrainte en faveur pour devenir ce qu'il était. Tout le monde n'était pas capable, non seulement d'inventer mais de ritualiser un personnage, l'incarner à la perfection en y croyant absolument, dans l'adhésion pleine et entière à sa propre fiction. Et la tenir jusqu'au bout sans tomber. Perché sur une ligne de crête pour l'éternité. Seul contre tous. Mais avec extase. Porté par le courage d'être soi. En le regardant vivre à quatre mètres du sol, comme si c'était la moindre des choses, j'étais soufflée. C'est ce qu'il voulait. À ce moment précis de ma vie, il me fallait ça, me mettre en vacances de ma volonté, me laisser danser. Il était là pour ça. Même s'il n'était pas dupe de ma docilité qu'il pressentait passagère, parenthèse enchantée qui ne saurait durer. Le jour où je reprendrais du poil de la bête, cessant de me plier à ses quatre volontés, il me quitterait.

En attendant le drame annoncé, j'assumais en grand ma fascination amoureuse : je suis sa créature et j'aime ça. Je saute à pieds joints dans la fiction en l'embrassant.

*J'avais mis ma plus belle robe après l'avoir bien repassée, celle à fleur sur le côté avec son beau ruban bleuté, en satin mauve made in Corée, mais tu ne l'as pas complimentée*

Ça commence comme une histoire drôle à laquelle personne ne croit vraiment. À un bal dont il est le héros. C'est la première fois que je le vois sur scène et je n'en reviens pas. Il chante et gratte sa guitare comme un furieux. Finit son concert les doigts en sang. L'ami qui m'accompagne m'observe et me met en garde. Fais gaffe, tu es sa chose. Je fais la maline. T'inquiète, je vois bien qu'il est dingue, alcoolique et pervers de la pire des races, pas mon genre de beauté, j'ai passé l'âge d'être une groupie, mais j'avoue qu'il m'intéresse follement. À ce moment de l'histoire, je crois sincèrement maîtriser la situation, distinguer fascination et cristallisation, j'ai envie de m'amuser avec un être étrange qui promet de rendre l'existence excitante. Il n'est pas question d'amour mais de divertissement. De fêtes qui ne finissent jamais, en chantant *Retiens la nuit* à l'arrière d'un taxi. De nuits endiablées suivies d'aubes d'été, ivres de rire d'avril à décembre, éternel été, rue de Fleurus, place Colette, rue Apollinaire, boulevard de la Plage, rue des Six ponts, place de la Fontaine, rue des Baisers, passage de la Sorcière, de Paris à Séville en passant par le bassin lumineux et la montagne noire. Peut-être aussi de fantaisies électives. D'un amour commun de la fiction. Du moment béni où le souvenir frémit dans le présent. Par bouffées. Soudain supervivants et non survivants. Chevaux légers. Faire des folies pour le plaisir de les raconter plus tard. Je suis avant tout curieuse de l'histoire que nous allons écrire à quatre mains.

*je t'ai dit wait, wait for me et je suis partie enfiler un négligé si transparent que tu ne l'as même pas remarqué*

Au même moment, j'en ai marre de ma vie d'intello précaire. Après dix ans de projets divers, arrachés avec les dents, force de proposition permanente sans vrai salaire, j'apprends un nouveau métier qui commence par une formation approfondie sur les matières premières de la parfumerie. Je me documente sur les familles de parfums, oriental, floral, fruité, aldéhydé, aromatique, boisé, épicé, ambré, hespéridé, fougère, chypré, animal, etc. Je me passionne pour certaines molécules chimiques capables de créer des sensations de matières spéciales et je m'entraîne à les identifier dans la composition d'un parfum, la Calone et son effet marin, mélange d'huître et d'embrun, l'Iso e Super et son effet transparent de cèdre immatériel, la Coumarine et son accord paille foin tabac amande, le Cashmeran et son effet de touffeur moite associée à la mousse d'arbre, les Salicylates et leur effet de peau chauffée au soleil, les Aldéhydes et leur effet de métal chauffé rappelant le fer à repasser, l'Ionone et son effet latex de cuir moderne, la Sacrazole et son effet de riz soufflé, le Karanal et son effet de bois ambré utilisé comme marqueur de la virilité, l'Hédione et son effet fleurs blanches comme une bouffée de fraîcheur, le Galbanum et son effet haricot vert, etc. Je découvre qu'il existe des signatures olfactives qu'on peut reconnaître à l'aveugle, comme l'écriture d'un auteur. L'entretien est une conversation autour du parfum suivie d'un test olfactif, sentir sur des touches parfumées les différentes créations de la collection, décrire des odeurs le plus précisément possible en faisant appel à sa mémoire olfactive. J'apprends émerveillée qu'on perfectionne son odorat jusqu'à sentir de nouvelles odeurs en élargissant son vocabulaire olfactif. On me félicite pour mon nez et mon langage qui semblent pallier mon manque d'expérience. Faire de l'odorat le sens premier de mon activité me réjouit, comme si je confiais mon intelligence aux bons soins de mon intuition animale. Je me lance dans l'aventure, novice en petite robe noire, maquillage discret, sourire commercial, anglais scolaire et escarpins, je vends des parfums hors de prix dans des boutiques feutrées, entre laboratoire, galerie d'art et cabinet de curiosités. Je me sens étrangement dans mon élément. C'est provisoire et amusant. Je change de rôle comme de robe et me repose dans un petit personnage.

Au même moment, car tout arrive toujours en même temps et conspire à la fiction, un ami artiste me supplie de remplacer une comédienne au pied levé. Il s'agit de jouer la marquise d'Urfé, l'amante légendaire de Casanova, dans une performance très spéciale. Je déteste le théâtre et n'ai pas appris un texte par cœur depuis l'atelier du lycée. Aucune importance, promet-il, c'est un rôle fait pour toi, dans un lieu secret, devant un public de complices. Il m'enverra l'adresse, le code et l'étage au dernier moment. Si je refuse, il annule tout, les répétitions commencent demain, Dis-moi Oui, *please*. J'accepte sans savoir à quoi m'attendre. Par curiosité et parce que je sens confusément qu'il sait quelque chose de moi que je ne sais pas.

*dans le living, oui j'ai dansé, oui j'ai dansé alone sur le linoléum, mais tu ne m'as même pas enlacée, tu ne m'as même pas fait danser, tu ne m'as même pas embrassée*

Le lendemain, vers 14 heures du matin, c'est l'été indien, je bois du thé vert au riz grillé et je sors à la lumière, j'apprends mon texte en descendant puis remontant la rue des Martyrs, à plusieurs reprises, en robe jaune citron, parfum solaire de tubéreuse pour observer son évolution, sandales dorées à talons aiguilles pour les assouplir avant le jour J. Déambulant à grands pas haut perchés, la bride d'une de mes sandales se brise, je pivote à la recherche d'un cordonnier, pieds nus sur le bitume, j'attends dans l'odeur de cuir qu'il répare ma chaussure et je remonte la rue une dernière fois, disant mon texte à mi-voix, *Bien entendu, il y a… les circonstances… ce décès qui m'a éprouvée récemment…*

*il y a… les paperasseries harassantes… les actes notariés… les feuillets à parafer… l'avalanche de petits caractères… la lecture malaisée, les yeux brouillés par les larmes… et puis il y a cette découverte déconcertante… cette filiation inattendue… Me découvrir descendante directe de Jeanne de la Rochefoucauld… Madame d'Urfé… Moi ? Arrière… arrière… arrière… petite-fille de la marquise d'Urfé ? Voilà qui est délicieusement extravagant !*

Le jour J, j'ai adoré. L'atelier en plein ciel, la baignoire-canapé, les préparatifs, les petites mains en cuisine, les regards appuyés sans peser, l'odeur de la bergamote, les essayages au champagne dans la lumière du soir, le problème de culotte résolu en pouffant, la tension dans l'air, grave et légère à la fois, les réglages de détails, l'italienne étendue dans la chambre sous le toit avec la comédienne, grande blonde étonnante si différente de moi, le fou rire étouffé dans la salle de bain, avant l'entrée en scène, un éventail entre les jambes, le plancher qui craque sur la mezzanine, le rideau de velours noir, les trois coups au crépuscule, le coup au ventre suivi d'un afflux de chaleur, la voix du maître de cérémonie, ma voix qui résonne autrement, récitant puis jouant, *eh bien soit ! ce soir, je vous montrerai mon occulte !* les talons dorés hésitant dans l'escalier, la musique sacrée, les amants masqués, l'expressivité de leur bouche, là où les sens se touchent entre eux, *la grande bouche rouge et blanche*, tout ce qui peut s'échanger oralement entre lèvres, langue et dents, les bougies au sol éclairant la scène, les figurants agenouillés, les reflets mouvants sur les miroirs, les poissons rouges, les tableaux vivants, l'encre de seiche léchée sur les doigts, mêlée à la boutargue râpée, les rituels mystérieux, les huîtres d'or et les huîtres de plomb *à la manière de Casanova*, de bouche à bouche, la fumée du cigare, le whisky sucé au sein dans le petit salon, les bibelots bizarres, les cartes de tarot, les récits magnifiques, les ondulations des anguilles, les asperges vertes trempées dans l'œuf coulant, le poulpe à fleur de pénis, le plaisir des yeux qui touche au fantasme, les dérapages improvisés, le dérèglement de tous les sens, la dilatation de la durée, l'expérience de la déliaison, l'âme qui jouit et le corps qui pense, le sentiment d'exister intensément, dans un espace-temps élu, entre de bonnes mains, la sensation du chemin parcouru avant d'arriver là, dans un état de concentration spéciale, comme une ivresse extralucide, quand toutes les conditions sont réunies pour créer un moment de beauté qui n'arrive qu'une fois.

*et puis soudain soudain soudain, la soirée s'est enflammée, soudain soudain soudain soudain, le feu dans tes yeux qui dansait*

Le chanteur aux yeux fous était un Maître, un vrai qui régnait par la frustration. Quand je l'ai compris, c'était trop tard. Il s'était installé chez moi, avec ses jouets et son cubi, comme s'il avait toujours vécu là. Apportait le petit déjeuner au lit sur la table roulante en claironnant *Room service !* se plaignait de mon humeur mal grattée le matin, faisait couler des bains à toute heure, chantait dans ma baignoire, m'appelait Mademoiselle, Macumba, Punkie, Pink Lady, darling, baby, poupée, créature, petit chou, fille de charme, jolie squaw, souillon, sale gosse, garce, amie cosmique, chatte de l'espace, petit animal, prétendait que j'avais fait putain ou sultane dans une vie antérieure, ce qui expliquait peut-être l'entretien négligé de mon intérieur, dressait la liste de ses envies, bio-vin corsé, truffes, havanes, gingembrettes, matcha, miel de thym, chèvre frais en forme de cœur, noisettes grillées, huile d'argan, jus de grenade, tsel momo, myrtilles, framboises, fèves de cacao, Tes doigts ont été dessinés par Dieu, je les veux sur ma queue, prévenait en souriant qu'il s'en irait le jour où je n'aurais plus d'argent, rappelait régulièrement qu'il n'était pas amoureux et que c'était bien mieux comme ça, Dès que je sens le moindre petit mouvement d'amour, je fous tout en l'air, buvait à se rouler par terre avant d'expier ses excès par une monodiète monacale, raisin blanc, raisin noir, raisins secs et jus de raisin, enchaînant méditation en pleine conscience et salutations au soleil, réclamait que je lui lise *Fifi Brindacier* pour l'endormir, étudiait des tutos d'arbres à chats en matériaux recyclés. On s'est follement amusés. Je ne sais pas si j'étais amoureuse mais j'étais assurément accro à ce personnage et vivais suspendue à son bon vouloir.

*et la fumée hot hot hot hot et les flammes hot hot hot hot… c'étaient les pompiers ! les pompiers de Paris ! ils étaient beaux et ils étaient… nombreux.*

Comme le réel parfois rattrape la fiction, je suis née la nuit du feu d'artifice et du bal des pompiers.

Je n'ai rien vu venir. J'avais mis des années à faire de ma vie sexuelle un espace de jeu où tout est permis, ce qui se passe au lit reste au lit, pourvu que les rôles soient réversibles et je me retrouvais prise au piège d'un jeu cruel dont j'ignorais les règles. Certains mots étaient interdits sous peine de désactiver le désir. Certaines choses étaient sales, indignes d'une fille à paillettes. Les pois et les fleurs vivement appréciés. Le bon usage de la vulgarité faisait l'objet d'un mode d'emploi secret. La tension érotique était permanente. Le Maître interrompait l'étreinte à tout moment et me laissait en plan. Gardez votre excitation pour plus tard, ordonnait-il en se rhabillant. La première fois, je me suis mise à pleurer. Il m'a toisée avec dédain. Il va falloir tenir, baby, c'est le jeu, navré que ça vous échappe. Avant de s'emporter. Moi aussi je suis frustré, de mille choses, t'as pas idée, je suis frustré de ne pas voler, je suis frustré de ne pas foutre comme un fauve, je suis frustré de ne pas être une femme ! Si j'osais prétendre à l'initiative de la baise, il me rappelait sévèrement que c'était lui qui bandait et qu'il apprécierait que je respecte son désir comme son absence de désir. J'étais clivée comme jamais. J'avais voulu jouer à la femme-objet et j'avais trouvé mon Maître, m'entraînant au-delà du jeu sexuel anodin et me prouvant à mon corps défendant que ça me plaisait. J'avais beau résister dans tous les sens, il fallait bien reconnaître que je n'avais jamais désiré quelqu'un comme ça.

Pour la première fois, j'avais peur d'être dépassée par mes fantasmes, peur de devenir une loque, peur d'être abîmée par ma sexualité, peur que le jeu dégénère en débordant du lit pour menacer ma conscience et ma personnalité, peur d'être aspirée par quelque chose de plus fort que moi. Je m'étais abandonnée à lui au risque de me muer tôt ou tard en objet abandonné. La tyrannie du Maître réveillait une peur de vieillir qui n'était pas la mienne mais celle de Reine. Je n'aimais pas la femme-enfant que je devenais malgré moi et je n'étais pas fière de cette énième métamorphose. Il exigeait l'exclusivité, mais séduisait comme il respirait, soignait son harem historique et me comparait cruellement aux femmes supérieures qu'il avait aimées. La jalousie devenait cosmique. J'avais mis si longtemps à conquérir mon féminin singulier, viril et romantique et je me retrouvais soumise de dernière zone, surveillant sans cesse la perfection de ses attributs, assignée à la parure, aliénée par la fucking trinité, maquillage coiffure épilation. À trop vouloir lui plaire, j'avais perdu confiance en moi, ses caprices coûtaient trop cher et j'étais à bout de force. C'est crevant, le sublime sans interruption. Les folies alcoolisées ne me faisaient plus rire. Déglingue réglementaire qui finit mal. Je m'étais oubliée pour qu'il m'aime et il ne m'aimait pas. Au réveil, j'étais ruinée et je ne savais plus qui j'étais.

Du temps de ma splendeur, psalmodiait Reine à sa créature et trente ans plus tard, j'entends dans ses paroles un regret et un reproche. Au-delà de la nostalgie de l'âge d'or et de la malédiction de mauvaise fée, Tu vieilliras, ma fille et tu en souffriras pour l'éternité. Au-delà de la petite phrase terrible de Rose à propos de mon père, Il lui a volé sa jeunesse. J'entends que Reine regrette sa vie de jeune fille, célibataire puis jeune mariée, avant de m'avoir mise au monde. J'entends qu'elle me reproche sa maternité douloureuse qui aurait eu raison de sa splendeur et de son insouciance. J'étais coupable comme mon père de l'avoir fait vieillir prématurément alors qu'elle avait d'autres rêves que celui d'être mère. Trente ans plus tard, je tourne encore autour du mystère de ma mère : qui est Reine ? quel genre de femme était-elle avant d'avoir des enfants ? que s'est-il passé pour qu'elle renie sa maternité après l'avoir célébrée ?

Du temps où je la voyais encore, Reine portait un masque de tristesse dont elle semblait se débarrasser après m'avoir quittée. Souvent, elle m'écrivait en rentrant, comme un repentir pour rattraper un moment raté. Je mettais un temps fou à me remettre de ces rendez-vous, me demandant à chaque fois pourquoi je m'infligeais ça, pourquoi je tenais tant à rejouer la tragédie familiale jusqu'à la nausée. À la fin d'une lettre, de son écriture ronde à l'encre turquoise, elle évoquait le plus beau jour de sa vie, celui où l'on avait déposé sur son ventre le plus beau bébé du monde et je ne savais pas quoi faire de cette déclaration d'amour tant nos réalités peinaient à s'accorder. Petites lucioles perdues dans le noir, pauvres facultés d'amour pleines de bonne volonté qui ne se rencontrent pas. Je me répétais Nous sommes des analphabètes du sentiment, des grands malades qui devons nous ménager, mais je n'étais pas sûre de trouver en moi la grandeur d'âme de Rose, cette douceur tellement féminine qui souffle aux cœurs souffrants : C'est du passé. L'entourage de Reine la décrivait comme une femme joyeuse de bonne compagnie au rire contagieux, à croire qu'elle me réservait sa mélancolie. Un jour, Marilou, la vendeuse de Kenzo devenue directrice de boutique et amie de Rose et Reine m'a dit Quelle femme extraordinaire ! Quelle chance d'avoir une mère pareille ! Et je suis restée stupéfaite dans la cabine d'essayage, prisonnière d'une robe à volants dont je ne trouvais plus l'encolure. J'aurais bien aimé connaître la mère dont elle parlait.

Une image poignante de Reine me poursuit, peu après le départ de mon père. Les rares fois où il est passé récupérer quelques affaires, le temps de remplir une valise. Rose avait conseillé à sa fille de se faire belle, comme si elle sortait, sans montrer qu'elle souffrait, comme si de rien n'était, les larmes font fuir les hommes, c'est bien connu, il fallait faire bonne figure et se rendre désirable, une dernière fois, pour qu'il regrette amèrement et revienne sur ses pas. Reine s'était préparée pendant des heures devant le miroir, avait attendu comme pour un rendez-vous amoureux. Quand l'interphone a sonné, elle se tenait sur le seuil, Reine des glaces, prête à ouvrir la porte et elle ne croyait pas à son personnage, son masque de tristesse jurait avec sa parure. Je la revois dans l'entrée, fardée en minijupe moulante et body décolleté, souveraine aux abois, figée dans son chagrin. Mon père embarrassé, debout comme un intrus, rassemblant à la hâte costumes, chaussures et cravates, sans mesurer l'ampleur de sa détresse. Pas un verre proposé. Pas un mot léger prononcé. Pas le plus petit liant entre deux êtres qui se sont aimés. Bonjour, au revoir. Dans un souffle, chargé d'électricité. Puis la porte claquait sur mon père et ma mère se décomposait, ses talons à la main, comme après une apnée, se démaquillait soigneusement, se déshabillait lentement, pliait et rangeait ses vêtements, avant d'enfiler sa chemise de nuit, dévastée par une parade qui n'avait trompé personne.

Tu es dure avec Reine, m'accusait son frère cadet qui se posait en patriarche depuis la mort de leur père et l'éviction de son beau-frère, surprotégeant sa mère et sa sœur. Elle ne s'est jamais remise du divorce, ça l'a brisée. Comme je ne respectais pas suffisamment le malheur de ma mère en osant sauver ma peau, j'ai été bannie. C'est ton problème avec maman, s'est désolidarisé mon frère qui n'avait pas eu la même mère. La famille s'est resserrée autour de Reine me laissant seule avec ma douleur. C'était ma faute. Je ne portais pas assez les stigmates du désespoir pour qu'on écoute ma version de l'histoire. Refusant que le drame valorise mon existence comme le voulait la doxa familiale. J'exprimais mon chagrin par la colère comme mon père, ce qui n'arrangeait rien. Sois douce et triste, tu n'arriveras jamais à rien en agressant les gens sauvagement, m'avait lancé en me quittant le dandy décadent. J'étais trop violente pour que ma tristesse soit légitime. La vraie victime, c'était elle, la femme bafouée, reconnue par la loi. Le jugement avait été prononcé pour faute, faisant de mon père le seul coupable, condamné à payer à vie pour le confort et le monopole du malheur de celle qui lui en voulait à mort. Le bannissement de son enfant pour ingratitude était la suite logique de l'histoire de ma mère. Elle n'était pas en état de subir mes attaques et ne voulait plus me voir. Reine pouvait désormais régner sur sa souffrance sans être inquiétée. Elle seule souffrait envers et contre tous, ce qui lui donnait tous les droits. Elle pouvait être impitoyable, déloyale, faire preuve de rapacité. Après tout ce qu'elle avait traversé, on lui trouverait toujours des excuses. C'est une femme tellement désemparée, la possession est son seul recours. Confortée dans son rôle de victime pour l'éternité.

Trente ans plus tard, je suis hantée par les larmes de Reine. Les larmes coulant par ma faute au-dessus de l'évier sur le couteau épluchant des poireaux. Après l'école, j'étais allée jouer chez une camarade de classe, ma mère était venue me chercher, s'exclamant soudain devant le piano, comme une gamine battant des mains, Ohlala, quand je vois un beau piano comme ça, je ne peux pas m'empêcher d'y toucher ! Mais je vous en prie, l'avait invitée poliment la mère de mon amie, relevant le couvercle du clavier, reculant et réglant le tabouret en velours et ma mère s'était mise à jouer, un prélude de Bach, si je me souviens bien, avec cette nervosité de tout le corps qui la prenait en représentation, telle une émotion ambulante dont l'impudeur me hérissait. Je n'avais pas supporté qu'elle se donne en spectacle, prenne ma place et accapare les regards, chez ma copine, sur mon territoire. C'était moi d'habitude qui m'installais au piano pour me faire admirer des adultes et cette inversion des rôles me déplaisait d'autant plus qu'elle m'insécurisait, je ne comprenais pas à quoi elle jouait, pourquoi elle se comportait comme une enfant de mon âge, passant du rire aux larmes et non comme une mère pleine de sagesse, calme et sereine. Alors j'avais souligné cruellement ses fausses notes et je l'avais déconcentrée jusqu'à ce qu'elle cesse de jouer. Elle n'avait rien dit sur le moment mais à peine passé le seuil de la maison, elle avait craqué, inconsolable, me reprochant en pleurant de l'avoir diminuée devant les gens. J'ai compris trop tard les aspirations artistiques de ma mère. La danse classique, les livres, la musique. Sa profession peut-être choisie par défaut, pressée de fonder une famille, alors qu'elle aurait préféré exprimer sa sensibilité. Elle avait refusé que je pratique la danse qui avait ruiné son dos mais m'avait mise au piano, prétendant que j'étais plus douée qu'elle, alors que je déchiffrais à l'oreille sans apprendre le solfège et m'avait transmis très tôt son amour de la lecture. C'est moi qui avais pris sa place.

Un soir de Toussaint, l'histoire a tourné au drame. Un dîner en Touraine en famille avec ma meilleure amie. Je l'avais rencontrée dans la cour du collège où je pleurais mon âge ingrat, invisible aux garçons et ce coup de foudre amical avait illuminé mon adolescence. La première fois qu'elle a vu mon père, elle a été frappée par sa beauté hors-sol, sa longue silhouette un peu perdue dans la pénombre du salon et elle l'a pris pour un étudiant au pair américain. Nous avons grandi ensemble, sa liberté solaire, sa joie de vivre intacte de toute névrose, l'intelligence bienveillante de ses parents ont été un appel d'air salutaire, une amitié fondatrice qui reste aujourd'hui un point fixe de ma vie. Au dessert, mon père s'est levé pour aller téléphoner dans sa voiture, un appel professionnel qui ne pouvait attendre, il n'en avait pas pour longtemps. J'avais déjà assisté à ce genre de coups de fil urgents passés en cachette de ma mère et j'ai tout de suite compris que c'était celui de trop, ma cuillère de crumble suspendue en l'air dans l'oubli de ma bouche, anticipant le pire. À cet instant précis, toute mon existence a basculé dans la méfiance, faisant le deuil définitif de mon enfance. Reine est sortie dans le jardin à la suite de mon père, elle s'est approchée dans l'obscurité sans faire de bruit et a entendu, d'un ton de voix sans équivoque, gros plan sonore dans le silence de la nuit : Chaque nom de vin me fait penser à toi.

À partir de cette nuit, la scène du drame s'est répétée jusqu'à l'inavouable, il y avait une autre femme et elle était enceinte. Alors ma mère a chassé mon père, tandis qu'elle veillait son père en train de mourir. Entre les deux crises, de treize à dix-sept ans, ma vie est devenue un enfer. Cinq années de guerre acharnée durant lesquelles mes parents, l'un niant, l'autre criant, l'un criant plus fort, l'autre persécutant de plus belle, se sont battus comme des forcenés. Ma mère fouillant les affaires de mon père laissant traîner des indices et se trompant de prénom en demandant le sel, ma mère quittant la table en sanglotant, les enfants assistant médusés à la destruction du foyer. Je me réfugiais sur la montagne noire pour réviser mon bac. Dix-sept ans plus tard, ma sœur dont la naissance avait signé le divorce, m'a avoué la bouche tordue par la honte avoir été soulagée quand mon père avait été hospitalisé, tant le climat familial était irrespirable. Reine avait fini par appeler sa pute, lui signalant qu'elle détruisait une famille dont deux beaux enfants. L'autre ne s'était pas démontée, lui déclarant que son mari ne la supportait plus, Mais qu'est-ce que vous croyez ? ils s'aimaient, ils avaient des projets, il lui avait promis de divorcer pour se remarier. Quand j'ai demandé à ma mère pourquoi ils n'avaient pas divorcé avant, nous évitant des années de cauchemar, elle m'a dévisagée cinglante : Je suis restée pour les enfants.

Reine n'avait pas voulu reproduire le foyer chaleureux et peuplé de Rose avec sa table ouverte aux voisins et amis. Ayant souffert enfant d'un manque d'intimité, elle avait fermé sa porte sur la cellule familiale, l'isolant du dehors sans pour autant parvenir à faire foyer. Son intérieur manquait de chaleur comme sa vie manquait de générosité, sans courant d'air et sans dépense, colmatée. Par peur timorée, protégeant son corps d'une dégradation par la fatigue, Reine se gardait du moindre effort qui porterait atteinte à sa splendeur. La maternité sacrificielle de Rose avait provoqué chez sa fille une maladie de l'égoïsme que je cherche peut-être à conjurer par l'écriture, sauvant les êtres aimés de l'oubli, la peur de la perte répondant à la peur de manquer. Les invitations étaient des événements, dîners en petit comité, jamais de fêtes tapageuses, trop coûteuses en temps, argent, énergie, dérangeant l'ordre royal. Je négociais ardemment le nombre d'invités à mes goûters d'anniversaire. J'insistais pour dîner à la table ronde du salon plutôt qu'à la cuisine en nous tournant le dos, promettant de mettre et débarrasser la table. Rose m'avait raconté le voyage scolaire de Reine en Russie, elle rêvait d'une chapka mais avait préféré rapporter son argent de poche à ses parents. Je me demande si le manque de foyer m'a rendue incapable de chaleur avec ma mère.

Les cadeaux que me faisait Reine étaient le plus souvent non adressés comme ses paroles et je les prenais comme des insultes à mon identité. Un horrible pot en porcelaine portant l'inscription USTENSILS laissé dans mon ancien appartement. Une affreuse trousse de toilette en toile écrue ressemblant à s'y méprendre à un cadeau d'Yves Rocher pour la fête des mères.

Un putain de fer à repasser pour mes vingt ans que j'ai failli lui envoyer dans la gueule comme Zézette dans *Le Père Noël est une ordure* et que j'ai mis un point d'honneur à ne jamais utiliser pendant vingt ans, autorisant quand même mes amants à repasser leurs chemises avec. Des vieux Pléiades d'auteurs qui me sont indifférents récupérés d'un héritage récent. Une moche édition de poche des textes choisis de la *Correspondance* de Flaubert alors que j'espérais les quatre volumes de La Pléiade pour mes trente ans. En règle générale, elle se débarrassait plus qu'elle offrait. Mon père choisissait le plus cher et ma mère le moins cher. Deux exceptions me réchauffent le cœur. Un drôle d'objet à suspendre près du lit, nommé Zébulon, œuf en céramique émaillée aux ailes de papillon en métal cuivré, rapporté de voyage et censé porter bonheur. Un sac en forme de sceau en cuir acajou avec une anse en bambou, convoité depuis longtemps et que je porte comme un talisman. J'ai appris par hasard que c'était Rose qui l'avait payé.

Un jour, une amie de mes parents qui avait connu mon père avant son mariage, m'a confié que ma mère l'avait transformé, qu'il était mal dans sa peau, comme empêché, avant de la rencontrer et qu'il s'était épanoui à ses côtés. Je n'en revenais pas de cette version de l'histoire qui suggérait que mon père devait son bonheur à ma mère et qu'il l'avait doublement trahie en la trompant. J'ai pensé à la maxime ironique du père d'une amie, qui se vérifiait une fois de plus avec le mien : Un homme doit sa réussite à sa première femme et sa seconde femme à sa réussite.

Pendant des années, j'ai enchaîné les hommes blessés qui se remettaient debout dans mes bras, regonflés à bloc, avant de déguerpir. En me rappelant tous les réveils défaits, tous les hommes en crise passés dans mon lit, pleurnichant sur mon oreiller, consolés par mes soins masochistes, n'ayant que leur sexe à m'offrir quand je me languissais de leur amour, j'ai eu le vertige. Beaux ténébreux vampires, par quel amour largués, vous pesiez sur mon cœur, lourd comme un cheval mort ? Je me suis demandé par quelle malédiction je passais toujours après les autres, pourquoi je tenais tant à réparer les cœurs brisés, pourquoi c'était toujours moi qui ramassais les ruines de leurs histoires.

Le jour de l'enterrement de Rose, j'ai revu Reine pour la première fois depuis quatre ans. À peu près comme si de rien n'était. Elle m'a tendu un mouchoir, chuchotant que mon maquillage avait coulé, barbouillant mon visage de larmes noires. Un rayon de soleil a réchauffé le cortège sous le ciel d'hiver. Ma cousine a joué *La Vie en rose* à la clarinette. Le rabbin a rappelé la tragédie menacée par l'oubli, les derniers survivants de la Shoah étaient en train de mourir, avec la joie de vivre de Rose, son amour inconditionnel pour son mari, ses enfants et ses petits-enfants. J'ai jeté une truelle de terre dans la fosse sur le bois du cercueil et j'ai aperçu Rachel qui s'était occupée de Rose dans ses derniers moments avec un dévouement rare, un bouquet de roses à la main. Elle m'a serrée dans ses bras et dans le même mouvement, elle a empoigné Reine, nous jetant l'une contre l'autre dans une étreinte vigoureuse avant de nous forcer à nous embrasser. Maintenant tu es toute seule, tu n'as plus que ta fille, a commandé Rachel à Reine, comme si elle était Dieu, devant la tombe ouverte de Rose, ta mère te regarde, n'oublie jamais ça, elle voulait tellement vous voir réunies, mère et fille, main dans la main, dignes de son amour, maintenant qu'elle se repose, tu dois t'occuper de ta fille, tu dois l'aider toujours, comme Rose l'aurait fait, sans rien attendre en retour, c'est ça l'amour d'une mère, tu dois protéger ton enfant et la chérir, quoi qu'il arrive, tu dois l'aimer plus que toi-même, tu m'entends ? elle la secouait presque, promets-le à ta mère. Reine a promis, sonnée.

J'allais avoir quarante ans et j'avais passé l'âge de croire aux promesses de Reine. Ma mère était morte avec Rose, trois ans après mon père et je n'attendais plus rien de celle qui m'avait mise au monde. J'étais plus que jamais orpheline mais j'avais apprivoisé ma solitude et ma liberté compliquées. J'avais des amis fidèles et je m'en faisais régulièrement des nouveaux. Je n'étais pas mécontente de ce que j'avais fait de mon existence, une forme de vie qui tenait la distance, par-delà les drames et le manque d'argent, je n'en revenais pas de mon endurance. Je n'avais pas fini de conquérir mon autonomie mais ça commençait à avoir de la gueule, je ne m'étais pas bagarrée pour rien, pendant toutes ces années. Je pouvais à peu près tout faire toute seule, dormir en travers du lit, élever des chats, cuisiner, déjeuner en terrasse, dîner au restaurant, boire un verre au comptoir, sortir le soir dans toutes les tenues, savoir et obtenir ce que je voulais, tenir une classe, jouir, me réjouir, me réinventer, célébrer les petits et grands événements, m'affirmer, me débrouiller, me défendre, prendre la parole en public, une chambre d'hôtel, mon sexe en main, des décisions difficiles, un avocat, des risques, le temps qu'il faut, des trains, des avions, des taxis, faire le premier pas, preuve d'autorité, des projets, des mondanités, des folies, ne pas me laisser faire, intimider, abattre, ne pas me sentir obligée, dire non, stop la violence, pardon, Je t'aime, adieu, (m') abandonner, chasser les mauvaises pensées, me retirer pour écrire dans une maison vide loin de tout, marcher dans la montagne, me passer de sexe et d'alcool, aller au cinéma, au théâtre, au musée, à une fête où je ne connais personne, à la plage, m'inscrire à un club de pétanque, la gym suédoise, chez Body Minute, sur un site de rencontres après avoir ricané haut et fort MOI JAMAIS, la foire aux monstres, plutôt crever, reconnaître l'impossible, mes limites, mes torts, donner rendez-vous à un inconnu, consulter un vieux marabout, reprendre des études sur le tard, déguerpir, laisser venir, ne rien faire.

Ma splendeur n'était plus ce qu'elle était, j'avais perdu le pouvoir magique de mes vingt ans, ce regard masculin très spécial, suppliant, sentimental en fin de nuit, qui disait Tout ce que tu voudras, comme si c'était une question de vie ou de mort de coucher avec moi.

Ça me manquait, certains soirs un peu sombres, mais j'avais gagné en amplitude érotique, après avoir désiré les hommes de quarante ans jusqu'à les rattraper, je plaisais désormais aux hommes de trente à cinquante ans, voire de vingt à soixante mais je ne poussais pas le bouchon jusque-là, j'avais appris à vivre. Je ne mentais pas sur mon âge, je m'entraînais à vieillir, à trente-huit ans, je disais déjà que j'avais quarante ans. On me donnait dix à quinze ans de moins, je savais que ça ne durerait pas et le prenais comme un clin d'œil à ma grand-mère, si fière qu'on la prenne pour ma mère. Plus le temps passait, plus j'étais le portrait de Rose et ça réchauffait ma vieille âme. Reine s'éloignait comme une créature de rêve, irréelle. Sans ce petit détail de la reproduction, quarante ans serait le plus bel âge de la vie. Je me méfiais du miroir social me renvoyant l'image d'une artiste célibataire, forcément folle, comme si les trois termes étaient synonymes. Je voyais plus d'avantages que d'inconvénients à l'indépendance. Ma vie n'était pas celle d'une femme de quarante ans et ce décalage me plaisait la plupart du temps. Je me surprenais à dire femme au lieu de fille en parlant de moi.

Je voulais convertir mes habitudes érotiques, pour une fois, un homme, un vrai, cœur d'acier lové dans un chêne vert. J'en avais marre de jouer les doudous transitionnels. J'étais curieuse de mon prochain amour. J'aimais vieillir comme j'aimais les changements d'état.

C'était suffisamment passionnant pour me contenter d'une splendeur intermittente. J'avais les cheveux blancs que n'avaient pas mes parents à mon âge, comme si j'avais vieilli à leur place. Je les laissais vivre jusqu'à ce que je craque et les colore. Je ne me ruais pas chez l'esthéticienne au moindre poil. Je me maquillais surtout le soir. Les yeux, la bouche, jamais la peau, pour qu'elle respire. Des paillettes sur les paupières les soirs de fête. Le vernis à ongles voulait dire que j'en attendais plus de la vie. J'avais renoncé depuis l'adolescence à une peau de pêche qui prend la lumière pour ne pas renoncer aux excès. Je portais des robes été comme hiver, par confort et plaisir. Le pantalon était un signe de petite forme, j'enfilais un jean étalon et un marcel mou, témoins de ma silhouette depuis un quart de siècle, les jours de réveil difficile. J'assortissais mes sous-vêtements à mes vêtements. Je me disais souvent que je ne gagnais pas à être habillée. Je vivais volontiers toute nue. Je pensais mal assise. J'écrivais allongée. J'avais mes meilleures idées en marchant, en dormant, dans l'avion ou le train, en lisant dans mon bain. J'avais trouvé le titre d'un de mes livres sur une carte de cocktails : *L'Été dans ma culotte*. Je ne portais ni soutien-gorge ni pyjama, sauf s'il faisait très froid. Des talons de douze, si je me déplaçais dans un rayon de quinze minutes à pied. Je ne me droguais pas, Ouh là non, surtout pas. Une nuit, un homme m'avait dit Ferme les yeux et tire la langue, j'avais senti un peu de poudre sur son doigt et m'étais mise à sauter comme une guerrière massaï, les bras en l'air et les yeux écarquillés jusqu'au lendemain après-midi. Le yoga me détendait moins qu'il m'emmerdait. La méditation me foutait les jetons. La dépression ne me faisait plus peur. J'éprouvais parfois que mon corps était plus sage que mon cerveau. Je n'avais plus peur de ne plus pouvoir écrire depuis que j'avais pris conscience que je ne faisais qu'écrire depuis quinze ans. J'avais appris à vivre de peu. J'habitais le même quartier depuis vingt ans. Je faisais du sport surtout pour mieux dormir et penser. Je ne fréquentais pas les supermarchés. Je cuisinais mieux que ma mère, moins bien que mon père et presque aussi bien que ma grand-mère. Je faisais le ménage le moins souvent possible en geignant énormément. J'aimais de plus en plus les femmes et de mieux en mieux les hommes. Je ne cherchais plus à plaire à tout prix ni à correspondre à ce que j'imaginais que voulait un homme. Je ne voulais plus dépendre du désir des autres. J'essayais de ne pas lire dans les pensées. J'en avais marre de me mettre à la place des autres mais j'avais envie de sortir de moi.

Je croyais que mes rêves m'envoyaient des messages importants. Les cheveux et les dents restaient des cauchemars récurrents. Je rêvais qu'on profitait de mon sommeil pour me teindre en blonde et me réveillais en sueur. Je rêvais que mes dents bougeaient avant de tomber l'une après l'autre, je les gardais précieusement dans un petit porte-monnaie pour pouvoir les remettre plus tard. Je rêvais que j'avais un enfant que je pouvais remettre dans mon ventre s'il pleurait trop fort ou pour me déplacer plus facilement. Je rêvais de chats morts, noyés, blessés, en train de tomber que j'essayais de sauver. Je rêvais que je perdais mon chat et le cherchais partout sans être sûre de le reconnaître parmi les autres chats. Dans mes rêves érotiques, mon sexe passait du féminin au masculin, fusionnant avec les amants sans vocation à les sauver. Je rêvais d'évoluer avec la même fluidité dans la vraie vie. Je jouissais en dormant et je me réveillais en criant. J'avais des fous rires en dormant et me réveillais en larmes avec des crampes abdominales. Je buvais trop pour mon petit corps, trop tentée par le plaisir d'être une autre. Je préférais ne pas boire du tout plutôt que boire un seul verre. Je récupérais vite et bien me réjouissant de ma bonne nature. Je pouvais exercer différents métiers pour peu que j'y apprenne des choses et rencontre des gens intéressants. Je sortais tous les soirs au-delà de l'ivresse puis me roulais en boule sous perfusion de thé vert. Je pouvais vivre d'alcool fort et de gras de porc. Je me pesais chez le vétérinaire. Je n'avais jamais fait de régime. Je pensais mal avec un frigidaire vide. J'aimais autant manger que faire l'amour. Je désespérais parfois de rencontrer un homme qui n'aurait pas peur de mon appétit trop grand. Je ne pouvais ni ne voulais plus aimer un homme qui ne m'aimait pas. Je souffrais qu'on ne m'aime pas et me consolais en pensant qu'il fallait beaucoup déplaire à certains pour plaire à d'autres, tellement. Peu d'hommes me plaisaient mais quand ça arrivait, je retrouvais mon élan amoureux intact. Je m'en voulais trop souvent de parler trop. Je contrôlais mal la charge de désir dans mes paroles. Je cristallisais moins sur des connards. Je me méfiais de mon agressivité. Je m'énervais moins qu'avant. Je dormais dix heures par nuit pour fonctionner au mieux de mes capacités. Je n'avais aucune résistance au manque de sommeil, la moindre insomnie me donnait des idées noires, il suffisait d'une sieste pour les dissiper. J'avais peu de temps pour me reproduire mais ne faisais pas n'importe quoi pour autant. J'espérais ne pas passer à côté de la maternité comme expérience de vie incomparable mais me sentais incapable de faire un projet d'enfant. J'avais peur de ne pas y arriver mais l'urgence commençait à l'emporter sur la peur, après tout, pourquoi moi, je n'y arriverais pas ? Je voulais qu'un enfant m'arrive, comme un coup de foudre.

J'ai rencontré un homme, un vrai. Gaulé comme un chêne vert. Il pensait que j'étais plus jeune et moi qu'il était plus vieux. Il avait dix ans de moins que moi, les yeux menthe à l'eau, une voix chaude et calme. Il était expert en construction, rugbyman et croyant. Pesait le double de mon poids. Les attributs classiques de la virilité, barbe costume cravate, le vieillissaient. Il m'a fait la cour à l'ancienne pendant des mois. Je ne pouvais pas rêver altérité plus radicale. Il réveillait ma curiosité ardente et illimitée. J'étais si dépaysée dans mon désir que je n'étais pas sûre qu'il me plaise. On s'est tournés autour comme des chatons joueurs, pas pressés de passer à l'acte, laissant monter la température jusqu'au premier rendez-vous. Hôtel Raphael, 19 heures. Trois tournées de Whisky Sour. Heureusement, il y avait des chambres à l'étage.

— Pourquoi tu me regardes comme ça ?
— Parce que des hommes comme toi, j'en connais pas
— Comment ça ?

— Avant de te rencontrer, je vivais enfermée dans un Desplechin
— C'est qui Desplechin ?

Il m'a rhabillée lentement sans me quitter des yeux. Comme la vraie vie est moins bien écrite que le cinéma, mon rugbyman aux yeux verts était déjà marié. Il aimait sa femme qu'il avait rencontrée à la fac, il était sûr d'avoir trouvé la bonne, celle qui le rendait heureux, son couple était solide, ils n'avaient pas encore d'enfants mais ils avaient le temps, c'était la première fois qu'il la trompait, la première fois qu'il revoyait une fille après avoir dérapé, je ne comprenais pas bien pourquoi il me disait tout ça avant de refaire l'amour, il ne savait pas mentir ni manigancer, s'en voulait d'être infidèle, flippait d'être découvert, multipliait les erreurs de débutant et manquait de se faire gauler à chaque rendez-vous. C'était un mari, pas un amant. Un amateur de l'adultère qui avait vu la lumière et s'était retrouvé, comme par enchantement, tout nu dans une chambre d'hôtel. Une douche tardive lui avait valu des sueurs froides.

J'étais familière des hommes mariés, des moments volés au reste du monde, avec le soupir splendide des amours repus, mais quelque chose avait changé. Moi aussi j'avais vu la lumière dans ses bras. Pour la première fois, ma position d'amante ne me suffisait pas et ne me semblait pas enviable. J'aurais préféré me réveiller avec lui, ouvrir les volets avec un sentiment d'éternité sur un grand ciel ouvert, comme une femme amoureuse. Il me plaisait vraiment, sa présence m'apaisait, sa personnalité me laissait libre d'exprimer le meilleur de moi-même. Il n'avait rien à prouver, disait ce qu'il faisait et faisait ce qu'il disait avec une assurance jamais arrogante. Souverain et solaire. Je me voyais vivre avec lui, un homme comme lui. J'aurais aimé être à la place de sa femme.

Le jour de mes quarante ans, j'ai largué ma meute d'amants. Je cherchais un mari. Il était temps de ne plus insulter le possible. Après plusieurs mois sans se voir, j'ai invité mon chêne vert à mon anniversaire. Il a décliné poliment.

— Figure-toi que je viens d'avoir un enfant !
— Il s'appelle comment ?
— Raphaël
— Comme l'hôtel ?

Je n'ai pas vu passer les dix dernières années. Je me souviens de l'éternité de l'enfance. L'interminable salle d'attente de l'adolescence. La lenteur de l'avenir. L'intensité de ce qui arrive. Le printemps vert pomme et le zinc orange en fin de nuit. Les meutes d'amants et chiens hurlant (vodka tabasco grenadine). Les réveils défaits. Les étés qui duraient des années, étendue au soleil en bikini élastique et les chagrins cinq minutes. Je ne me souviens pas quand le rapport s'est inversé. La vallée de larmes et les étés éclair qu'on attend toute l'année. Un matin, on frissonne et on mesure l'arnaque : il est temps de passer à la couette d'hiver. L'automne se déguisait en été indien, je n'ai rien vu venir. Je dansais, légère et court vêtue, me disant Rien à foutre, j'adore vieillir, j'emmerde le lendemain et le surlendemain, j'ai tout mon temps et PAN dans les dents. Un jour, je me suis réveillée à quarante ans, rattrapée par l'espèce : il me restait deux semaines pour faire un enfant.

Composition et mise en pages
Nord Compo à Villeneuve-d'Ascq

MIXTE
Papier issu de
sources responsables
FSC® C003309

L'éditeur de cet ouvrage s'engage dans une démarche
de certification FSC® qui contribue à la préservation
des forêts pour les générations futures.

Pour en savoir plus :
www.editis.com/engagement-rse/

CET OUVRAGE
A ÉTÉ ACHEVÉ D'IMPRIMER
SUR ROTO-PAGE
PAR L'IMPRIMERIE FLOCH
À MAYENNE EN JUILLET 2022

Dépôt légal : août 2022
N° d'édition : 64205/01 – N° d'impression : 100758
Imprimé en France